COZY MYSTERY

T0203546

NAVIDAD, DULCE NAVIDAD

ALMA

Título original: *Candy for Christmas*

Copyright © 2000, Joanne Fluke
Primera edición: Kensington Publishing Corp.
Publicado de acuerdo con Sandra Bruna Agencia Literaria, S.L.
Todos los derechos reservados

© de esta edición:
Editorial Alma
Anders Producciones S.L., 2023
www.editorialalma.com

© 2023, por la traducción, Vicente Campos González
© Ilustración de cubierta y contra: Joy Laforme

Diseño de la colección: lookatcia.com
Diseño de la cubierta: lookatcia.com
Maquetación y revisión: LocTeam, S.L.

ISBN: 978-84-19599-36-0
Depósito legal: B-16773-2023

Impreso en España
Printed in Spain

El papel de este libro proviene de bosques gestionados de manera sostenible.

Todos los derechos reservados. No se permite la reproducción total o parcial del libro, ni su incorporación a un sistema informático, ni su trasmisión en cualquier forma o por cualquier medio, sea este electrónico, mecánico, por fotocopia, por grabación u otros métodos, sin el permiso previo por escrito de la editorial.

COZY MYSTERY

JOANNE FLUKE
NAVIDAD, DULCE NAVIDAD

Una novela de misterio de
Hannah Swensen

ÍNDICE DE RECETAS

Galletas de bastón de caramelo

76

Brazo de chocolate con nueces pacanas

82

Galletas blandas de chocolate y menta

90

Galletas con relleno de coco

104

Cuadraditos de chocolate triple

130

The Cookie Jar
Lake Eden, Minnesota

Joanne Fluke
Serie Misterios de Hannah Swensen
Kensington Publishing Corporation
Nueva York

Querida Joanne:

Parece haber pasado una eternidad desde la última vez que te vi, ahora que has recogido tus cosas y te has instalado en el sur de California. ¿Cuándo vas a volver a hacer una visita a Lake Eden? Ya sabes que aquí tienes amigos. Y yo echo de menos nuestros cafés matinales en The Cookie Jar.

¡Me alegro de que por fin cuentes la historia de Candy! Me sorprendió que no escribieras sobre ella cuando sucedió, solo dos semanas después de que yo ayudara a Bill a resolver su primer caso de doble homicidio, pero supongo que estabas ocupada escribiendo los demás libros de mi biografía.

Ahora que lo pienso, creo saber por qué esperaste tanto tiempo para escribir la historia de Candy. Se debe a que no hay asesinatos. Piénsalo un poco, Jo...: has escrito sobre asesinatos en todos y cada uno de los libros. ¡Si el tema aparece incluso en cada título! Empezando por *Unas galletas de muerte* y siguiendo con *El asesinato de la tarta de fresas*,

El asesinato del muffin de arándanos, El asesinato del pastel de merengue de limón, El asesinato de la magdalena de dulce de azúcar, El asesinato de la galleta de azúcar, El asesinato de la tarta de melocotón, El asesinato de la tarta de queso y cerezas y *El asesinato de la tarta de lima.* No hace falta un posgrado en Psicología Clínica para darse cuenta de que estás obsesionada con los homicidios. Hasta el alcalde Bascomb reparó en ello. Bien, las dos sabemos que Lake Eden es un lugar muy agradable para vivir. Y aunque es verdad que se producen muchos homicidios para ser una ciudad tan pequeña, no queremos que la gente se haga una idea de que es la capital mundial del asesinato, ¿verdad? Otra cosa..., ¿podrías dejar bien claro que no me divierte encontrar cadáveres, pese a lo que piense mi madre?

Gracias por hacer este espléndido trabajo escribiendo la crónica de mi vida y gracias de nuevo por escribir sobre Candy. Me alegro de que fuéramos capaces de resolver el enigma de su identidad. Ahora tengo que dejarte: Moishe está aullando para que vaya a llenarle el cuenco de comida, el teléfono no para de sonar (probablemente sea mi madre) y llego tarde al trabajo en The Cookie Jar. Viviste aquí lo suficiente como para saber que el tiempo nunca se ralentiza en Lake Eden, a no ser que te pille un atasco en Old Lake Road, detrás de una máquina quitanieves.

HANNAH SWENSEN

P. D.: ¿Qué te parece presentarme con cinco kilos menos en el próximo libro? ¡Lo agradecería de verdad!

CAPÍTULO UNO

—Adiós, Moishe.

Hannah Swensen echó unos bocados con sabor a salmón y forma de pescaditos a su compañero de piso felino de once kilos. Era el mismo ritual de despedida que habían cumplido todas las mañanas durante el año anterior, pero esa mañana en concreto, mientras cerraba la puerta del apartamento a sus espaldas y bajaba las escaleras cubiertas que conducían al garaje del sótano, Hannah se vio asaltada por un pensamiento inquietante. Si los bocados con sabor a salmón tenían la forma de pescaditos, ¿qué forma tenían los bocados con sabor a hígado? Lo único que se le ocurría que tuviera la forma de un hígado era... el hígado de alguien. Y, en tal caso, ¿qué forma era esa?

Diez minutos más tarde, Hannah estaba en la carretera, recorriendo el familiar trayecto a su tienda en Lake Eden (Minnesota). El paisaje invernal a las cuatro y media de la madrugada era espectacular. Sus faros se reflejaban en la nieve recién caída y lanzaban lo que parecían diamantes por la carretera. Los lentos copos que caían del cielo hacían las veces de cortina, amortiguando el sonido, hasta que lo único que se oía era el suave traqueteo del motor y el silbido rítmico de las llantas. No había tráfico. Nada más se movía antes de que amaneciera en el intenso frío de Minnesota. Hannah se sentía como la última mujer sobre la tierra, desplazándose suavemente en la noche en una mágica carroza todoterreno, similar a una manzana caramelizada roja, dejando a su paso aromas de vainilla, canela y chocolate.

Habría sido la fantasía perfecta de no ser por una nota disonante. La calefacción de la camioneta de Hannah fallaba y los dientes le castañeteaban en un largo redoble de tambor que habría sido la envidia de la sección rítmica de la banda del Instituto Jordan. Como había hecho todas las mañanas sin falta esa semana, se prometió a sí misma que en cuanto le fueran un poco mejor las cosas la llevaría a arreglar. Mientras tanto, su parka y sus guantes más cálidos tendrían que valerle.

«Casi hemos llegado», se dijo Hannah mientras se detenía ante el rojo del semáforo en el cruce de Old Lake Road y Carter Avenue. Old Lake Road iba bastante cargada en las horas punta, pero Carter Avenue solo llevaba a una amplia casa ubicada en el centro de un pinar privado. Esa casa pertenecía a los parientes políticos del alcalde Bascomb y todo el mundo sabía que había instalado el semáforo para complacer a su esposa, Stephanie.

Dado que las luces del semáforo se habían ganado la fama de tardar mucho en cambiar, Hannah movió los dedos de los pies dentro de sus botas en un empeño de recuperar el calor y la movilidad. Luego contó hasta cien. Y seguidamente hasta doscientos. Había llegado a los quinientos y ya estaba redactando mentalmente una carta al editor del *Lake Eden Journal,* manifestando la necesidad de instalar un sensor en el semáforo, cuando por fin pasó al verde y pudo proseguir su camino.

Cinco minutos más tarde giraba para entrar en las calles tranquilas de la ciudad con sus casas a oscuras. Todo el mundo dormía, como haría ella también si no tuviera que hornear las galletas de la jornada antes de abrir su cafetería y repostería, The Cookie Jar.

El barrio comercial de Lake Eden estaba vacío a esa hora de la mañana. Todas las tiendas tenían luces atenuadas dentro, consecuencia de un artículo que había escrito el *sheriff* Grant para el *Lake Eden Journal* sobre la prevención de robos, pero nada se movía en su interior. Faltaba una hora para que Hal abriera la puerta de la fachada del café para los trabajadores del turno de mañana de DelRay Manufacturing.

Hannah recorrió Main Street y estaba a punto de girar para entrar en la calle Cuarta cuando reparó en las luces que parpadeaban alrededor del interior de la luna de su cafetería, que estaban todavía encendidas. Creía recordar que las había apagado, pero era posible que se hubiera olvidado. Anoche había vuelto a casa precipitadamente. Solo esperaba que la factura de la electricidad no se disparara por este despiste. Después de todo, ¿cuánta corriente gastaba una tira de cien minibombillas? Tal vez ni siquiera notara el incremento. Habitualmente tenía mucho cuidado en apagar las luces y cerrar.

Al entrar en el callejón, Hannah fue aminorando la velocidad hasta poco más que ir a paso de tortuga para sortear los surcos helados que había hecho la furgoneta que entregaba donaciones para la tienda de beneficencia Helping Hands. Unos cien metros y una docena de baches más adelante, giraba para entrar en su propio solar y aparcar en su sitio junto a la puerta trasera.

Enchufar o no enchufar; esa era la cuestión. Rayne Phillips, el hombre del tiempo de la emisora KCOW, había prometido que haría un día tibio, hasta alcanzar casi los cero grados. Cuando Hannah se bajó de su camioneta, observó la tira de enchufes instalada a la altura del parachoques en la parte de atrás de su edificio. Si Rayne acertaba, no tendría que usar el calentador eléctrico de arranque del coche. Pero si Rayne se equivocaba, su combustible se enfriaría hasta adquirir la consistencia de la goma de mascar y la camioneta no arrancaría cuando llegara la hora de volver a casa.

Hannah se quedó quieta, debatiendo consigo misma durante un instante, y luego se rio. Rayne Phillips se había equivocado sobre el tiempo que iba a hacer más veces de las que había acertado, así que decidió optar por lo más sensato. Enchufar su coche tal vez fuera innecesario, pero no enchufarlo podría implicar que tuviera que acabar llevándolo al taller de Cyril Murphy.

Una vez enchufado, Hannah se encaminó a la puerta trasera del edificio de estuco blanco. Estaba a punto de introducir la llave en la cerradura cuando se paró en seco y frunció el ceño. El pomo tenía una fina capa de hielo, como si una mano cálida lo hubiera asido recientemente. Eso era muy raro. Su ayudante, Lisa Herman, no tenía que llegar tan temprano. Si, por alguna razón, Lisa hubiera llegado primero, su viejo coche estaría aparcado fuera. A no ser, claro, que el coche no hubiera arrancado y la hubiera acercado alguno de sus vecinos.

Hannah se quedó vacilando un momento. Si Lisa estaba ahí, eso explicaría las luces que había visto. Ella siempre encendía las luces y dejaba abierta la puerta batiente que daba a la cafetería para disfrutar de ellas mientras trabajaba en el horneado matutino.

Estarse ahí plantada no solo era una tontería, ¡se estaba helando! Lo único que podía hacer era entrar y ver. Regañándose por su indecisión, Hannah abrió la puerta y encendió las luces. Y entonces parpadeó. Y volvió a parpadear, varias veces.

Lisa había estado ahí y de eso tenía la prueba ante sus ojos. Los platos sucios del fregadero habían desaparecido y habían fregado el suelo hacía poco. Por lo general, Hannah y Lisa se encargaban de hacerlo antes de acabar la jornada, pero la noche anterior Hannah había tenido que volver a casa corriendo y Lisa había invitado a cenar a dos amigos de su padre. A no ser que los duendecillos de los hermanos Grimm hubieran abandonado la zapatería y se hubieran instalado en The Cookie Jar, ¡Lisa debió de volver en algún momento durante la noche para lavar los platos y fregar el suelo!

¿Y también habría preparado el café? Hannah miró la cafetera, pero la luz roja no resplandecía. No, el café no estaba hecho. Pasó por la puerta batiente para comprobar la cafetera eléctrica de treinta tazas, pero seguía boca abajo sobre un paño de cocina, como la dejaban siempre después de lavarla y secarla. A Lisa le gustaba tanto el café como a Hannah. Si hubiera venido temprano, ya estaría preparado.

Hannah sintió un escalofrío que nada tenía que ver con el clima invernal al reparar en que las bombillas multicolores estaban apagadas. Las había visto encendidas cuando había pasado por delante en el coche hacía solo unos minutos. La limpiadora mágica que se había afanado aquella mañana temprano debía de haberse ido solo unos minutos antes de que Hannah entrara en el aparcamiento. Si se hubiera dado un poco más de prisa, lo habría pillado (a él o a ella). ¡O tal vez se hubiera topado con un montón de duendecillos!

Al recordar la fina capa de hielo que había en el pomo de la puerta, Hannah descartó la teoría de las criaturas de libro de cuentos infantiles que podían entrar a escondidas y realizar cantidades ingentes de trabajo en un abrir y cerrar de ojos. Su benefactor había sido una persona real, viva, alguien que llegaba al pomo de la puerta y no bebía café. Pero ¿quién había limpiado la cocina una de las mañanas más frías del año? ¿Y por qué?

Lisa entró por la puerta de atrás a las siete menos cuarto, un cuarto de hora antes de lo que se esperaba. Encontró a Hannah sentada a la mesa de trabajo en el centro de la sala, bebiendo a sorbos una taza de café.

—Hola, Hannah —la saludó mientras colgaba su abrigo en el perchero que había junto a la puerta trasera, se quitaba las botas y se calzaba los zapatos de trabajo—. ¿Has limpiado la cocina y has hecho todo el horneado sin mí?

Hannah negó con la cabeza.

—He horneado, pero no he limpiado la cocina. Eso ya estaba hecho cuando llegué un poco antes de las cinco esta mañana. Pensé que no habías podido conciliar el sueño y que habías limpiado tú.

—Para nada. Y tampoco soy sonámbula. Me pregunto quién... —Lisa se interrumpió a media frase y empezó a fruncir el ceño—. ¿Falta algo?

—Nada que haya visto. Además nuestro limpiador misterioso nos ha dejado un regalo, y la gente que entra a robar no suele hacerlo.

—¿Qué regalo?

Hannah señaló con el dedo.

—Caramelos. La nota decía que se llaman gotas de azúcar moreno y están en una bandeja al lado de la cafetera.

—¿Los has probado?

—Claro, y están estupendos.

—Vale, yo probaré uno también.

—¿Lo probarás ahora que ya he sido la catavenenos oficial y todavía no me he desmoronado?

—Eso es. —Lisa se rio mientras se acercaba a tomar un caramelo. Se lo metió en la boca, lo masticó y se dispuso a servirse una taza de café—. Está bueno. Me recuerda a los de azúcar de arce que compraba mi padre, salvo que aquellos eran un poco distintos. Ojalá tuviéramos la receta.

—La tenemos —le dijo Hannah, que sacó un taburete para que Lisa se sentara a la mesa de trabajo y le pasó una receta manuscrita que había dejado aquel visitante madrugador.

Lisa miró la receta.

—Qué maja. Me alegro de que nos la haya dejado.

—¿Maja?

—Eso creo. La letra parece femenina.

Hannah esbozó una sonrisa.

—¿Porque es pulcra?

—Por eso, en parte. Pero también es pequeña. Las letras son delicadas y todos los hombres que conozco escriben con una letra mucho mayor.

—No creo que eso pruebe nada. Mi padre tenía una letra pequeña. A él le cabían muchas palabras en las etiquetas de los cajones, mientras que yo tenía que utilizar abreviaturas. Me parece que depende de cómo te enseñaron a escribir. La gente antes se enorgullecía de su letra. Si buscas en los documentos del siglo xix, encontrarás algunos hombres notables con una caligrafía perfecta. ¿Y qué me dices de los manuscritos iluminados que escribieron los monjes de la Edad Media?

—Tienes razón —admitió Lisa—. Supongo que he hecho un comentario sexista.

—Sin la menor duda. Y aun así estoy plenamente de acuerdo contigo.

—¿Ah, sí?

—Absolutamente. Estoy convencida de que una mujer escribió esa receta.

—¿Por qué?

—Porque los hombres no suelen utilizar tinta de color turquesa.

Lisa dio un largo trago de su café.

—Todavía no estoy lo bastante despierta para estas conversaciones. —Dio otro trago y entonces volvió a mirar a Hannah—. Si estabas de acuerdo conmigo desde el principio, ¿por qué me has llevado la contraria?

—Porque me gusta discutir. Hace que se me disparen las células del cerebro y hoy necesitamos toda la capacidad intelectual que podamos utilizar.

—¿Te refieres a que tenemos que descubrir quién ha entrado y nos ha limpiado la cocina?

—Sí, pero no solo eso.

—¿Qué más?

—Tenemos que conseguir que, la próxima vez que entre aquí, nos deje la cafetera preparada antes de irse.

Gotas de azúcar
moreno

1.ª nota de Hannah: Candy nos dijo que el nombre original de la receta era grageas de azúcar «dorado». Con el paso de los años, se cambió a grageas de azúcar moreno, por más que el caramelo no esté confeccionado con ese tipo de azúcar.

Para elaborar este caramelo, necesitará un termómetro de repostería para caramelos. Yo utilizo el modelo con un tubo de cristal y un clip deslizante que se sujeta a un lado de la cacerola. Y aunque la receta recomienda una cacerola de 2,8 litros, yo siempre utilizo una de 3,8 litros, así no tengo que preocuparme de que el caramelo se desborde al hervir.

240 ml de suero de mantequilla
500 g de azúcar blanco
1 cucharadita de bicarbonato sódico
2 cucharadas de sirope de maíz
115 g de mantequilla, a temperatura
    ambiente

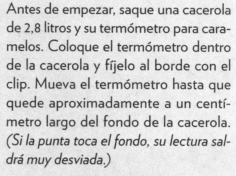

Antes de empezar, saque una cacerola de 2,8 litros y su termómetro para caramelos. Coloque el termómetro dentro de la cacerola y fíjelo al borde con el clip. Mueva el termómetro hasta que quede aproximadamente a un centímetro largo del fondo de la cacerola. *(Si la punta toca el fondo, su lectura saldrá muy desviada.)*

Sin encender el fuego, mezcle el suero de mantequilla, el azúcar, el bicarbonato y el sirope de maíz en la cacerola. Remuévalo hasta que quede homogéneo.

Ponga la cacerola a fuego medio y REMUEVA la mezcla de caramelo SIN PARAR hasta que hierva. *(Llevará unos 10 minutos, así que siéntese cómodamente.)*

Retire la cacerola del fuego pero no lo apague. Dentro de un momento volverá a él.

Eche la mantequilla en la mezcla de caramelo e incorpórela. (Tenga cuidado; podría salpicar.) Vuelva a poner la cacerola al fuego y vigílela. A PARTIR DE ESTE MOMENTO NO ES NECESARIO REMOVER. Basta con darle una vuelta con la cuchara cuando lo crea oportuno. Tómese un café fuerte y una de esas galletas deliciosas que horneó anoche mientras espera a que el termómetro alcance los 115 °C.

Cuando el termómetro alcance los 115 °C, remueva la cacerola por última vez, apague el fuego y aparte el caramelo del calor. Déjelo enfriar sobre una rejilla o un fogón frío hasta que casi vuelva a temperatura ambiente. Entonces remuévalo con una cuchara de madera hasta que adopte una textura cremosa.

Despliegue varias hojas de papel encerado. Vierta en ellas las grageas de azúcar moreno con una cuchara. No se preocupe si no tienen un tamaño uniforme; una vez las prueben sus invitados, irán a por las piezas más grandes.

2.ª nota de Hannah: Si no le da tiempo y su caramelo se endurece demasiado en la cacerola, puede volver a ponerla al fuego a muy baja temperatura y remover sin parar hasta que recobre la textura cremosa.

Nota de Lisa: Este caramelo me recuerda a aquellos que tenían forma de hojas de arce y que papá traía cuando volvía de Vermont de visitar al tío Fritz. Me encantaban. Probé a añadir una cucharadita de extracto de arce ¡y quedaron muy ricos!

Cantidad: 3 docenas de deliciosos caramelos.

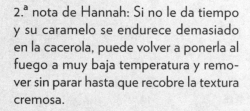

CAPÍTULO DOS

Candice Roberts colocó su saco de dormir bajo las luces junto al escaparate de The Cookie Jar. La calefacción de la cafetería expulsaba aire caliente que olía a galletas y el estómago de Candy rugió, aunque era imposible que tuviera hambre. Se había comido el sándwich de jamón y queso que la dueña pelirroja había dejado para ella, además de la bolsa de patatas fritas y los pepinillos al eneldo que le habían recordado a los que preparaba la abuela Roberts. Y luego, de postre, se había zampado la mitad de la docena de galletas que le habían dejado en una bandeja y las había bajado con un vaso entero de leche de la cámara de frío.

En cuanto hubo arreglado a su gusto el saco de dormir, Candy se acurrucó y agradeció a su buena estrella no estar fuera, a la gélida intemperie. Su saco estaba preparado para resistir hasta treinta bajo cero, pero una mirada al termómetro en la ventana de la cocina le había informado de que esta noche estaban a treinta y uno, y probablemente bajaría aún más hasta que el sol saliese por la mañana.

Una lágrima cayó por la mejilla de Candy y fue a parar al tejido de su saco de dormir. Había sido el regalo que le había hecho su padre las últimas Navidades, además de la chaqueta acolchada rellena de plumón que se le empezaba a ceñir en exceso en los hombros y las manoplas de ante que él llamaba «de leñador», forradas con piel auténtica. Su padre se había criado en Minnesota, y habían planeado hacer una acampada invernal en el *camping* que él recordaba en las orillas del lago Eden.

Otra lágrima se unió a la primera, y luego otra más. Ahora ya nunca iría de acampada con su padre. Un año antes, su padre había acudido a la clínica por una urgencia. De vuelta a casa, un conductor ebrio había chocado con él, y había fallecido camino del hospital.

Durante largo tiempo, Candy no había creído que pudiera volver a ser feliz. Lo echaba mucho de menos. Pero había hablado mucho con su madre y eso la había ayudado. Empezaba a sentir que remontaba cuando el desastre se abatió de nuevo sobre ella.

Solo pensarlo hizo que le cayera otra lágrima y luego la presa se vino abajo. Candy lloró hasta que ya no le quedaban lágrimas y entonces cerró los ojos hinchados. Echaba de menos a su padre, pero añorarlo no se lo devolvería. Y echaba de menos a su madre, pero pasaría mucho tiempo antes de que volviera a verla.

—¿De verdad que no te molesta pasar por mi tienda? —preguntó Hannah volviéndose hacia Norman para asegurarse de que hablaba en serio. Acababan de comer en el Hotel Lake Eden, donde habían probado varios aperitivos nuevos que Sally Laughlin, la copropietaria y chef del local, presentaría en su gran fiesta navideña del próximo viernes por la noche. Del Hotel Lake Eden al apartamento de Hannah la ruta era directa, pero conducir hasta el centro, donde estaba la tienda de galletas de Hannah, suponía un desvío de cuarenta kilómetros.

—¿Y por qué iba a molestarme? —Norman respondió a su pregunta con otra pregunta, algo de lo que solía acusarla su madre a ella a menudo—. Eso me permite pasar más tiempo contigo.

La sonrisa que le dedicó Norman pareció totalmente sincera a la tenue luz que procedía del salpicadero. Hannah le devolvió la sonrisa y arrancaron, encaminándose a Lake Eden esa noche ventosa que de repente a Hannah le pareció mucho más cálida.

—¿Quieres que te cuente la historia de la visitante nocturna que he tenido esta mañana? —preguntó ella.

—Una visitante nocturna... ¿por la mañana? —Norman puso en marcha el limpiaparabrisas para apartar la poca nieve que caía—. ¿No es eso una contradicción?

—No. ¿Quieres que te la cuente o no?

—Sí. Cuéntamela.

—Muy bien. Esta mañana, cuando pasé por delante de la tienda, las luces del escaparate estaban encendidas. Pero luego, cuando abrí la puerta de atrás para entrar, reparé en que había hielo en el pomo, como si una mano cálida lo hubiera asido hacía solo un momento.

—¿Pensabas que podía haber alguien dentro de tu tienda y, pese a todo, entraste? —Norman le clavó una mirada penetrante.

—Pues claro. Estamos en Lake Eden. Aquí no se cometen delitos.

Norman no dijo nada. No le hacía falta. Se limitó a pasarse el índice por la garganta como si la rajara.

—Vale, muy bien, lo retiro. Puede que se cometa algún que otro delito... Pero aquello fue un único doble homicidio y me parece que no habíamos tenido ninguno hasta entonces. Lake Eden es una ciudad muy segura para vivir en invierno, al menos en cuanto a robos en casas se refiere.

—¿Hace demasiado frío para delinquir? —conjeturó Norman.

—En parte. Todo el mundo está tan concentrado en mantener el calor que no tiene tiempo para cometer pequeños hurtos. Nunca cierro con dos vueltas la puerta de atrás de The Cookie Jar en invierno. ¿Y si un sin techo se está congelando en la calle y necesita entrar para escapar del frío?

Norman volvió la cabeza hacia ella y sonrió.

—Qué buena persona eres, Hannah. Imprudente, pero buena.

—Bueno, nunca he tenido ningún problema, y esta mañana tampoco. De hecho, quienquiera que durmiera en The Cookie Jar anoche se levantó temprano, lavó los platos y fregó el suelo.

—¿Como agradecimiento por haber podido dormir en un lugar cálido?

—Eso creo. También nos preparó un montón de espléndidos caramelos y nos dejó la receta. Eso fue lo que nos dio la idea de ofrecer caramelos en las fiestas. El caramelo de elaboración casera es mucho mejor que los que compras en las tiendas. Y la mayoría de la gente no tiene tiempo para hacerse los suyos.

—Buena idea. Si puedes hacer tofes ingleses, ya sabes, esos caramelos masticables, le llevaré algunos a mi madre en Navidad. Es su caramelo favorito, y siempre se queja de que los que se compran no son tan buenos como los que elaboraba su madre.

—Ibby nos preparaba tofes ingleses de esos. Estaban muy ricos, y me dio una copia de la receta.

—¿Quién es Ibby?

—Una ayudante del departamento de Inglés. La conocí cuando hice un seminario de posgrado en la facultad. Ibby era una experta en los poetas metafísicos ingleses del siglo XVII.

—¿Como Donne?

Hannah le hizo un gesto con los pulgares hacia arriba.

—Justamente.

—Y... ¿Traherne?

—Exacto otra vez. —Hannah se había quedado impresionada. La mayoría de la gente no tenía ni idea de quiénes eran los poetas metafísicos ni mucho menos habría sabido citar a dos de ellos—. ¿Cómo lo sabías?

—Por mi madre.

—¿A tu madre le gustaban los poetas metafísicos?

—No, lo que le gustaba era el poema «Una visita de san Nicolás», el de Santa Claus.

—Igual que a mi madre. Pero ¿qué tiene que ver eso con Donne y Traherne?

—Todos los años celebrábamos una gran fiesta de Navidad con la familia: tíos, tías, primos... Cometí el error de memorizarlo cuando tenía cuatro años y, a partir de entonces, todos los años mi madre me pedía que lo recitara.

—Eso puede resultar incómodo, sobre todo si no quieres hacerlo —convino Hannah.

—Por no decir «peligroso».

—¿Peligroso?

—Así es. A mis primos no les gustaba que yo fuera el centro de atención y después de la cena me lo hacían pasar mal. Se lo dije a mi madre y ella me respondió que no les hiciera caso, que solo estaban celosos.

—¿Y qué hiciste?

—Una semana antes de las Navidades siguientes, memoricé cuatro poemas de poetas metafísicos, los más largos que encontré.

—¿Y funcionó?

—A las mil maravillas. Mi madre no volvió a pedirme que recitara jamás.

—¿Y tus primos?

—El mayor se dio cuenta de lo que yo pretendía y se lo dijo a los demás. Desde entonces nos hicimos bastante buenos amigos. Norman empezó a fruncir el ceño.

—Me cuesta imaginarme a alguien queriendo convertirse en un experto en poetas metafísicos.

—Yo tampoco me lo imaginaba. Pero le pregunté a Ibby y me dijo que los eligió porque solo eran siete. Le pareció un número manejable.

—Pero John Donne fue prolífico.

—Eso es verdad. Y no se considera precisamente una «lectura divertida». Gran parte de su poesía trata de temas deprimentes.

—¿De verdad? —Norman esbozó una pequeña sonrisa—. ¿No te parece divertido el poema que dice: «Entonces cada lágrima que llevas, como un globo, sí, un mundo, por esa impresión crece hasta que tus lágrimas mezcladas con las mías se desbordan. Este mundo, inundado por las aguas que me envías, mi cielo disolvió»?

—Lo que evoca es bonito, pero trata del llanto y ese no es un tema muy animado.

—Tienes razón. ¿Y cómo encajan los caramelos masticables ingleses de Ibby en la poesía metafísica? Si es que encajan.

—Ibby traía sus caramelos a nuestros grupos de estudio para asegurarse de que todos nos presentábamos a clase. Y el departamento la adoraba porque nadie faltaba nunca a sus sesiones.

—Eso es lo que tendrían que haber hecho en la facultad de Odontología. Yo tenía que obligarme a ir a clase de Modelos de Facturación y Gestión Empresarial. —Norman entró en la parte de atrás de The Cookie Jar y ocupó la plaza de aparcamiento de Hannah—. Si puedes encontrar esa receta de caramelos masticables, me llevaré treinta cajas de doscientos gramos.

—¿Todas para tu madre?

—Para mi madre solo una caja. Las otras veintinueve serán regalos navideños para mis pacientes.

—Es muy amable por tu parte, pero... —Hannah se interrumpió y frunció el ceño.

—Pero... ¿qué?

—No quisiera perder una gran venta con lo que voy a decir, pero ¿no es enviar el mensaje equivocado?

—¿A qué te refieres?

—Les regalas caramelos. Y los caramelos son poco más que azúcar sólido. Pensaba que los dentistas querían que sus pacientes evitasen ingerir demasiado azúcar.

—No necesariamente. Animamos a nuestros pacientes a cepillarse y utilizar hilo dental después de comer dulces, pero no les pedimos que no coman caramelos. Si todo el mundo comiera como es debido y practicara una higiene dental impecable, no habría ninguna necesidad de dentistas. Y entonces, ¡me quedaría sin trabajo!

Hannah volvió la cabeza y lo miró fijamente. Le parecía que bromeaba, pero no estaba segura del todo. Entonces vio que la comisura de la boca de Norman se retorcía levemente y supo que le estaba tomando el pelo.

—Nunca lo había mirado desde esa perspectiva. Y me parece que coincidimos.

—¿De verdad?

—Si todo el mundo comiera lo que debe y nunca se permitiera el lujo de zamparse postres pecaminosos, ¡yo tampoco tendría trabajo!

CAPÍTULO TRES

Hannah se quedó mirando la puerta trasera de su edificio durante un momento y entonces suspiró.

—Me pregunto qué hará cuando entremos.

—Se echará a correr.

—¿Eso crees?

—Estoy seguro. Por lo que has contado, parece una chica inteligente. Sabe que es ilegal irrumpir en una tienda cerrada.

—Pero solo entró porque hacía frío fuera.

—Lo sé.

—Y, por pasar aquí la noche, intentó pagarme elaborando caramelos y limpiando la cocina.

—Eso es verdad, pero aun así entró dos veces, que tú sepas.

—Una —le corrigió Hannah.

—Pero las luces del escaparate están encendidas. ¿No significa eso que está aquí esta noche?

—Oh, estar, está. Pero le di un permiso tácito para hacerlo.

—¿Le dejaste una nota?

—No, dejé un sándwich y una bandeja con galletas. No lo habría hecho si no quisiera que entrara en mi tienda.

—Muy bien. Pongamos que ella creyó que el sándwich y las galletas eran para ella y se las comió. Y que se ha acostado dentro para pasar la noche. Sigo pensando que echará a correr cuando entres.

Hannah se lo pensó. Norman podía tener razón. Alguien lo bastante desesperado como para entrar en una tienda y dormir en el suelo podría pensar que el sándwich y las galletas eran una trampa para atraparla.

—¿Así que crees que sencillamente debería dejarla en paz?

—Para nada. Podría ser menor y que su familia esté preocupada y agobiada por su ausencia. Lo que deberíamos hacer es hablar con ella, averiguar su historia y ver si podemos ayudar en algo.

—Has dicho «deberíamos» —señaló Hannah—. ¿Quieres decir que estás dispuesto a implicarte?

—Ya estoy implicado. Lo hice cuando acepté traerte en coche a la tienda. Puede que haya algo que pueda hacer por ayudarla. Por ejemplo... ¿y si tiene una sobremordida dental severa?

A Hannah se le escapó una carcajada e inmediatamente se tapó la boca con una mano enguantada. No tenían que hacer ruido, y eso era difícil cuando Norman resultaba tan gracioso. A Hannah le entraron ganas de extender los brazos y abrazarlo, pero se resistió al impulso. Aunque no creía que él la malinterpretara, no podía estar segura por completo.

—Ya sé que deberíamos hablar con ella —le dijo—, pero ¿y si tienes razón y en cuanto nos vea sale disparada?

—Ahí es donde yo intervengo. Tú entras por la puerta de atrás y yo doy la vuelta hasta la de la fachada. Si te ve e intenta huir por delante, le echaré el guante y la traeré de vuelta.

—Muy bien —convino Hannah, cediendo a su impulso y abrazando a Norman pese a todo. Era un gran tipo—. Cuando quieras.

Todo estaba en silencio cuando se apearon del sedán de Norman. Cerraron las puertas sin hacer ruido y se encaminaron a la puerta trasera de The Cookie Jar.

—Dame un minuto antes de entrar —susurró Norman—. Silbaré bajo cuando llegue a la fachada del edificio.

—¿Y por qué no imitas un canto de pájaro? Eso era lo que hacían los indios, al menos en las películas.

—El único canto que me sé es el del pájaro oficial del estado de Minnesota.

—¿El colimbo? —Hannah se sorprendió hasta el punto de que lo preguntó en voz casi alta—. ¿Y por qué lo aprendiste?

—Mejor que no lo sepas.

—Pues quiero saberlo. ¿Por qué?

Norman pareció un poco avergonzado.

—Para así poder hacerlo en las fiestas cuando estaba en la facultad de Odontología, pero de ningún modo voy a imitarlo ahora. Parezco una loca riéndose y probablemente os dé un susto de muerte a las dos. Así que mejor que esperes a oír mi silbido, ¿vale?

—Vale.

Se colocó en su posición en la puerta trasera y esperó. Norman pareció tardar una eternidad en dar la vuelta hasta la fachada del edificio, pero finalmente ella oyó su señal. Hannah abrió la puerta trasera, entró sin hacer ruido y bloqueó la cerradura de seguridad desde dentro. A su visitante nocturna le requeriría unos segundos preciosos abrir la anticuada cerradura y eso daría tiempo a Hannah para atraparla si intentaba huir por detrás.

Hannah avanzó de puntillas por la silenciosa cocina, revisando hasta el último recoveco. No había nadie escondido en ningún rincón, ni tampoco en la despensa. El aseo estaba vacío, pero alguien había utilizado la ducha durante las horas recientes. Todavía quedaban algunas gotas de agua en las paredes del espacio y las toallas estaban húmedas al tacto. Salió por la puerta y se dirigió a la fachada. Solo quedaba un lugar por comprobar, la cafetería.

Con cuidado de no hacer el menor ruido, Hannah abrió la puerta batiente que daba acceso a la cafetería. Su mirada se vio atraída de inmediato hacia el escaparate y las luces encendidas por segunda noche consecutiva. Su duendecilla visitante estaba allí. Ahora lo único que tenía que hacer era dar con ella.

Hannah reparó en una pila abultada de ropa que no estaba ahí cuando había cerrado la tienda y avanzó hacia ella. Era un saco de dormir estirado bajo las luces del escaparate. A Hannah le recordó los tiempos de su infancia, cuando se había quedado dormida bajo el árbol de Navidad, escuchando, a medias, a los adultos que hablaban, confortada por las luces centelleantes y los adornos familiares y sabedora de que solo faltaban un par de semanas para las fiestas.

La chica estaba vuelta hacia las luces, sonrosada en su sueño y resplandeciente a causa de la bombilla roja que colgaba justo encima de su cara. Con sus largas pestañas y los labios un poco separados, parecía una muñeca de porcelana con las mejillas pintadas de colorete. En el silencio de la tienda, con el único zumbido de la nevera que había detrás del mostrador, Hannah la oía respirar suavemente mientras dormía.

Hannah admiró la imagen de la chica durante un momento y seguidamente puso sus habilidades como investigadora en marcha. Las uñas de la chica estaban limpias, y también su ropa y el saco de dormir. Eso significaba que no llevaba mucho tiempo en la calle. Tampoco pasaba hambre. Su brazo izquierdo, el que no quedaba tapado por el saco de dormir, estaba algo rollizo.

En conjunto, parecía sana y más joven de lo que Hannah había esperado.

La gente tendía a parecer más joven cuando dormía. Las preocupaciones e inquietudes de la vigilia quedaban sumidas en un pacífico olvido, y emergía una persona sin estrés. Tal vez esa chica no era tan joven como parecía, pero Hannah albergaba sus dudas. Parecía inocente, casi bisoña, al borde del descubrimiento de lo que le depararía la vida, pero todavía incómoda con su reciente forma adulta.

Hannah frunció el ceño. No le hacía gracia despertar a su inesperada huésped solo para decirle que podía dormir en la cafetería. Era casi como una enfermera que despierta a un paciente en el hospital porque era la hora de tomar la pastilla para dormir. Si la chica se había escapado de casa, habría poca alegría en su vida. Y en ese momento parecía estar soñando con algo agradable, a juzgar por la media sonrisa que lucía en su cara. Era una pena hacer añicos su felicidad, pero no le quedaba más remedio, y cuanto antes, mejor. De ningún modo Hannah permitiría que alguien que parecía mucho más joven que su hermana pequeña volviera a las calles. Además, Norman estaba fuera, aterido de frío en la puerta delantera, y era hora de dejarle entrar.

—Despierta —dijo Hannah en voz baja, esperando que la chica no reaccionara con pánico—. Tengo que hablar contigo.

La chica gruñó una queja inarticulada y esbozó un mohín de desagrado.

—Todavía no. Vete, mamá.

Tenía una madre. Hannah añadió el dato a la lista mental de hechos y suposiciones que había reunido.

—Vamos, despierta. Puedes volver a dormirte después de que hayas hablado conmigo.

Dio la impresión de que la chica iba a darse la vuelta e ignorar la intrusión cuando una señal de alarma debió de sonar en su cabeza. Se incorporó sobresaltada, abrió los ojos de golpe y miró fijamente a Hannah.

—¿Quién es usted?

—Hannah Swensen. Esta es mi cafetería. ¿Y tú quién eres?

—Soy Candy.

—¿Candy qué?

—Candy R... da igual. No tiene por qué saber cómo me llamo. —La chica salió serpenteando del saco de dormir y se puso de pie—. Por favor, no llame a la policía. Me voy ahora mismo.

Y antes de que Hannah pudiera abrir la boca para decir que no tenía por qué huir, la chica agarró su saco de dormir y corrió a la puerta de la fachada, abriéndola a toda prisa y precipitándose afuera.

—¡No puedo creerlo! —exclamó Hannah, sin dar crédito a lo que acababa de ver. Nunca había visto a nadie moverse tan rápido. Era obvio que la chica estaba preparada para los despertares bruscos. Había dormido con la ropa puesta y debía de haber escondido sus otras pertenencias al fondo de su saco de dormir. Lo único que quedaba para demostrar que había estado ahí era un espacio despejado en el suelo, de donde había apartado una mesa y dos sillas para poder estirarse.

—¡Suélteme! ¡Vamos, señor! ¡Por favor! No le hacía daño a nadie, de verdad, ¡a nadie!

Hannah corrió a la puerta para ayudar a Norman, que había atrapado a la fugitiva mientras esta se precipitaba a la noche.

—No pasa nada, Candy. No hemos llamado a la policía ni vamos a hacerlo. Tienes mi permiso para pasar la noche aquí.

—¿De verdad? —Candy todavía parecía asustada, pero su resistencia disminuyó visiblemente. Se retorció de nuevo para intentar zafarse de Norman, pero estaba claro que no puso todo su empeño.

—¿Te apetece un chocolate caliente? —sugirió Hannah, y le hizo un gesto a Norman para que la llevara a la cocina—. A ver si vas a pillar un resfriado saliendo a la calle a la carrera así, sin abrigo.

Candy asintió con un leve movimiento de cabeza.

—Estaría muy bien, pero salir al frío de la calle no te resfría. Mi padre decía que eso no es más que un cuento de viejas.

—Pero yo ni cuento cuentos ni soy vieja —replicó Hannah, y se alegró cuando vio que Candy se reía. Para ser alguien al que una desconocida ha despertado de golpe y ha tenido que huir al frío gélido de la noche con todas sus pertenencias, había conseguido conservar el sentido del humor—. ¿Tu padre es médico?

—Mi padre era veterinario. Ha muerto. ¿Es verdad que no ha llamado a la policía para que me detenga?

—Claro que no. Esta es una ciudad pequeña. Si les hubiera llamado ya estarían aquí a estas alturas.

Candy se volvió hacia Norman.

—¿Y usted? ¿Les ha llamado?

—Yo no. Mi móvil sigue en el coche. —Norman bajó la mirada a los pies de Candy—. ¿No cuesta meterse en un saco de dormir con las deportivas puestas?

—No si bajas las cremalleras hasta el final. Lo difícil es salir. Las suelas se pegan al forro del saco y tienes que tirar de él hacia abajo.

—Tal vez deberías plantearte ponerte dos pares de calcetines. Así tendrías los pies calientes y no deberías preocuparte por el calzado.

Candy negó con la cabeza.

—No las llevo para mantener los pies calientes. Tengo que estar preparada por si necesito echar a correr.

Hannah estaba en la cocina, removiendo el chocolate caliente y escuchando a Norman y a Candy. Norman solo había hablado con ella unos momentos, pero la chica ya parecía cómoda con él.

—Ya no tendrás por qué preocuparte por eso —le dijo Norman—. Hannah dejará que te quedes.

—¿Y por qué iba a hacerlo?

Hannah intervino en el momento oportuno. Norman le había dado la entradilla perfecta para el plan al que había estado dando vueltas.

—Porque no me vendría mal un poco de ayuda aquí. ¿Has trabajado alguna vez de camarera?

—Claro —respondió rápidamente Candy, y entonces emitió un pequeño suspiro—, pero no de la forma en que se refiere. Pero podría hacerlo, estoy segura. Quiero decir que sé poner una mesa, servir café, comida y lo que sea. Y puedo hacer caramelos para su tienda. Llevo un par de años haciendo caramelos, desde que cumplí los tre... —Candy se detuvo bruscamente y tragó con fuerza—, desde que era muy joven...

Hannah sonrió. Sonsacar información de una adolescente helada de frío y cansada no era muy difícil. Ya se había enterado de que el apellido de Candy empezaba por erre, tenía madre y un padre difunto que había sido veterinario, y habían transcurrido un par de años desde que tenía trece. Si la charla seguía así, conocerían la historia de la vida de Candy antes de haberse acabado su chocolate caliente.

—Aquí tienes —dijo Hannah, que llevó el tazón de Candy a la mesa de trabajo y lo dejó delante de ella. Sirvió otro tazón a Norman y uno para sí—. No sé si tienes hambre todavía, pero ¿quieres una galleta?

—¡Y tanto! Quiero decir... sí, por favor. Hace unas galletas muy ricas.

—Gracias. —Hannah ocultó una sonrisa mientras llevaba una bandeja de su creación más reciente a la mesa. Obviamente, a Candy le habían enseñado a ser educada y ese era otro detalle que añadir a la mezcla—. Vosotros dos podéis ser mis catadores —les dijo—. Estoy probando una nueva galleta y no estoy segura de cómo llamarla. Podríais dar con un nombre.

—Están buenas —dijo Norman después del primer mordisco—. Me sabe a frambuesa, ¿no?

—Sí. Las he hecho con mermelada de frambuesa sin semillas.

Candy se acabó la primera galleta y se dispuso a tomar la segunda. Entonces retiró la mano y miró a Hannah.

—¿Podría tomar otra, por favor?

—Claro. Sírvete.

—Me gusta porque es crujiente por fuera y blanda por dentro. —Candy dio otro mordisco y miró a Hannah de nuevo—. ¿Podría hacerlas con otras mermeladas, como de moras? ¿O de fresas o de frutos variados?

—No veo por qué no. Puede que no sean tan atractivas con arándanos, pero cualquier otra fruta del bosque quedaría bien.

—Perfecto. ¿Qué le parece llamarlas «galletas de bayas gayas»? Rima y eso, y así serán más fáciles de recordar. Y comerlas te pone contenta, por eso he pensado añadir lo de «gayas».

—¡Qué gran idea! —la elogió Norman—. «Galletas de bayas gayas» a mí me suena perfecto. ¿Estás segura de que no tienes un posgrado en *marketing*?

Candy se rio y Hannah se sintió rebosante de alegría. Norman estaba ayudando a tranquilizarla, y así tal vez ella les contara más de su vida anterior y qué estaba haciendo ahí, en Lake Eden.

—No tengo ningún posgrado en nada. Ni siquiera he terminado... —Candy se interrumpió y se aclaró la garganta—. Ni siquiera he decidido qué voy a estudiar.

Hannah miró rápidamente a Norman. Ambos sabían lo que había estado a punto de decir Candy. «Ni siquiera he terminado el instituto» era una posibilidad bastante segura.

—¿Cuántos años tienes, Candy? —Norman hizo la pregunta que Hannah tenía en la punta de la lengua. Sería curioso ver cuántos años inventados añadiría Candy a su joven vida.

—Veinte —dijo Candy sin pestañear, y a Hannah le dio la impresión de que no era la primera vez que contaba esa mentira en concreto—. El mes que viene cumpliré veintiuno.

Hannah y Norman se miraron fijamente. Aunque no pronunciaron palabra, Hannah tuvo la sensación de que Norman era capaz de leer sus pensamientos y coincidía con lo que ella estaba pensando. Con más preguntas no conseguirían nada, salvo que Candy les mintiera más. Era hora de dar la noche por acabada y dejar que la chica pensara que la habían creído.

Norman emitió un bostezo que Hannah sospechó que era puramente teatral y se terminó su tazón de chocolate.

—Más vale que nos pongamos en camino, Hannah. Mañana hay que trabajar y tienes que madrugar.

—Sí —convino Hannah y entonces se volvió hacia Candy—. Aquí estarás segura si cierras la puerta por dentro cuando hayamos salido. Yo estaré de vuelta mañana por la mañana a eso de las cinco para empezar el horneado.

—Te ayudaré. Me gusta levantarme temprano. ¿Quieres que prepare algo antes de que llegues?

—Solo si te levantas antes de las cinco.

—Oh, claro. Me levantaré a las cuatro y media.

—En ese caso, puedes preparar el café. —Hannah le hizo un gesto hacia la cafetera—. El café molido y los filtros están en el armario a la izquierda del fregadero.

—Muy bien. Es como la cafetera que papá tenía en la clínica, así que sé hacerlo. ¿Te gusta muy fuerte?

—Todo lo fuerte que se pueda.

Candy asintió rápidamente.

—¿Quieres que llene la cesta del filtro hasta el borde con el café molido?

—Sí, perfecto. Gracias, Candy. —Hannah se puso el abrigo y los guantes—. Te veo por la mañana.

Hannah y Norman salieron. Se pararon delante de la puerta y, por un acuerdo tácito, esperaron hasta que oyeron a Candy cerrar con llave la puerta a sus espaldas. Entonces corrieron al coche de Norman y se subieron, temblando de frío.

—Encenderé la calefacción ahora mismo —prometió Norman, que puso el motor en marcha y la calefacción al máximo.

Hannah siguió temblando mientras Norman daba marcha atrás. Y tembló un poco más mientras él salía del aparcamiento y entraba en el callejón. Pero cuando Norman se detuvo al final del callejón, ella se dio cuenta de que había dejado de temblar. De hecho, se había quitado los guantes y se había bajado la cremallera de la parka un poco porque le había entrado calor. La calefacción de Norman escupía oleadas de un aire tan caliente que parecía tropical.

Tras una mirada al parabrisas, Hannah estaba todavía más impresionada. En lugar de las costras de escarcha que colgaban del interior del parabrisas de su propio coche en invierno durante los primeros ocho o nueve kilómetros de conducción, el parabrisas de Norman ya estaba limpio y despejado ¡y apenas si habían recorrido una manzana!

Solo para asegurarse, Hannah estiró la mano para tocar uno de los botones de la radio. Estaba caliente en lugar de gélido.

—Me encanta.

—¿Qué es lo que te encanta?

—Tu calefacción. Si supiera cómo conectarla, la robaría y la pondría en mi camioneta.

—Pero entonces sería yo el que se helaría. Tal vez más vale que lleguemos a un compromiso que nos satisfaga a ambos.

—¿Qué tenías pensado?

—Podría llevarte a trabajar por la mañana y de vuelta a casa por la noche. Así los dos estaríamos calientes.

Hannah tuvo la sensación de que sabía lo que venía a continuación, pero aun así optó por seguirle la corriente.

—Pero tú vives en la ciudad y yo en las afueras. ¿De verdad te apetece hacer dos trayectos de ida y vuelta todos los días?

—Solo tendría que hacer uno si me quedara en tu piso. —Norman le sonrió con picardía y seguidamente, para incrementar la sensación, pestañeó con fuerza.

Hannah se rio de sus payasadas.

—Ni lo sueñes, Norman —replicó. Pero tuvo que admitir que la propuesta de Norman tenía cierto atractivo que no se debía exclusivamente al tiempo invernal.

Galletas de bayas gayas

No precaliente el horno todavía; esta masa de galleta tiene que enfriarse antes del horneado.

340 g de mantequilla
400 g de azúcar blanco
160 g de mermelada de frambuesas, moras, fresas o cualquier otro fruto rojo (*yo he utilizado una de frambuesa sin semillas*)
2 huevos batidos
½ cucharadita de bicarbonato sódico
1 cucharadita de sal
560 g de harina
70 g de azúcar blanco (*para más tarde*)
100 g de mermelada de frutos rojos (*para más tarde*)

Derrita la mantequilla en un cuenco grande para microondas. Añada el azúcar y mézclelo bien. Deje reposar el cuenco en el mármol mientras prepara el paso siguiente.

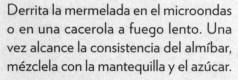

Derrita la mermelada en el microondas o en una cacerola a fuego lento. Una vez alcance la consistencia del almíbar, mézclela con la mantequilla y el azúcar.

Añada los huevos, el bicarbonato y la sal, removiendo después de agregar cada ingrediente.

Incorpore la harina y mezcle bien. Tape el cuenco y refrigere la masa durante 2 horas como mínimo. (*Si la deja enfriar toda la noche, mejor.*)

Cuando vaya a hornear las galletas, precaliente el horno a 175 °C, con la rejilla en la posición intermedia.

Con la masa fría, forme pequeñas bolas del tamaño de una nuez. Eche los 70 g de azúcar en un recipiente pequeño y reboce las bolas con él. Colóquelas en bandejas para galletas engrasadas (en una de tamaño estándar caben 12).

Aplaste las bolas de masa con una espátula engrasada. Haga pequeñas muescas con el pulgar o el índice en el centro de cada galleta. Rellene la muesca con un poco de mermelada *(aproximadamente ⅛ de cucharadita)*.

Hornee las galletas entre 10 y 12 minutos a 175 °C. Déjelas enfriar durante un par de minutos en las bandejas y luego páselas a una rejilla hasta que se enfríen del todo.

Estas galletas se pueden congelar. Envuélvalas en papel de aluminio, póngalas en una bolsa para congelados y escriba otra cosa en la etiqueta o los niños las encontrarán y se las comerán congeladas.

Cantidad: de 8 a 10 docenas, dependiendo del tamaño de las galletas.

CAPÍTULO CUATRO

Quizá una persona más imaginativa hubiera visto figuras míticas en los retazos irregulares del yeso del techo de su dormitorio, pero Hannah no estaba de humor. Tampoco era muy aficionada a contar ovejas, a recitar la tabla de multiplicar hasta la del temido siete ni a catalogar mentalmente sus recetas de galletas. Ni siquiera su truco infalible para quedarse dormida, leer las normas del Consejo de Salud del condado de Winnetka, había conseguido que le pesaran los párpados. Por otra parte, como tenía que levantarse al cabo de menos de cinco horas, no pensaba tomarse ahora ningún remedio sin receta.

Hannah encendió la luz, haciendo que su compañero de cama parpadease y luego la mirase fijamente con unos asombrados ojos amarillos. Cuando Norman la había dejado en casa estaba tan cansada que se había puesto el pijama y se había metido directamente bajo las sábanas. El suave tacto de la almohada la había ayudado a relajarse, y la colcha había formado un cálido y cómodo capullo envolvente. Moishe había ronroneado suavemente a su lado, dejándola que lo abrazara pegado a ella durante unos diez segundos antes de dirigirse sin hacer ruido a sus pies para dormir allí, y el rítmico zumbido del aire caliente de los conductos de la calefacción había resultado letalmente soporífero. Por desgracia, a partir de ese momento todo había ido a peor.

Había empezado a pensar en Candy y en lo desesperada que podía estar su familia, y eso le había abierto los ojos como platos y le había desbocado los pensamientos. Tenía que averiguar de dónde procedía Candy, descubrir por qué se había escapado de casa e intentar que regresara al hogar al que pertenecía.

No había forma de dormir con un problema como ese rondándole la cabeza. Hannah se puso las zapatillas y se arropó con su bata, atándose el cinturón. Siempre pensaba mejor cuando cocinaba, y dado que, en cualquier caso, estaba completamente despierta, podía buscar la receta de caramelos de tofe de Ibby y prepararla esta noche. Mañana por la mañana podía llevar algunos al trabajo para que Norman los probara.

—¿Vienes? —preguntó Hannah dándose la vuelta para mirar a su compañero de piso felino. Pero Moishe se había apropiado de su almohada en cuanto ella la había soltado y estaba estirado encima como una esfinge, con las pezuñas delanteras por delante, la cabeza perfectamente erguida y una expresión regia.

—Me parece que no —dijo Hannah respondiendo a su propia pregunta mientras salía del dormitorio.

A los ojos privados de sueño de Hannah, la cocina les pareció deslumbrante y brillante con sus paredes y sus electrodomésticos, todo blanco. Tras sentir el apremio de ponerse las gafas de sol, sacó su caja de recetas con la etiqueta «PENDIENTES DE PROBAR» rotulada en grandes letras rojas. Levantó la tapa, frunció el ceño al ver los trozos de papel multicolores y desiguales que se amontonaban al azar en el interior, y depositó la caja con un ruido sordo sobre la mesa de la cocina. Entonces encendió la cafetera, apartó la jarra y puso directamente su taza bajo el chorro de café recién hecho que empezaba a gotear. Cuando llenó la taza, acabó su número de malabarismo apartando la taza y poniendo la jarra en su lugar.

Hojear las recetas sin leerlas era como comer un profiterol antes de rellenarlo. Aunque Hannah hizo cuanto podía para pasar rápidamente las páginas, se encontró separando varias que quería probar inmediatamente, otras que quería hacer para Navidad e incluso más que pretendía probar en los meses siguientes.

Cuando acabó de revisar todos los papeles de la caja, su taza estaba vacía, y Hannah se levantó para rellenarla. No había encontrado la receta de caramelos masticables de Ibby, pero estaba convencida de que la tenía.

Había otro sitio en el que podía buscar. Hannah se dirigió a la estantería de la sala de estar donde guardaba su colección de libros de cocina. Uno era de la madre de su padre, la abuela Ingrid, y tenía un sobre para recetas en el interior de la cubierta. Era posible que Hannah la hubiera metido allí.

Cuando hubo acabado de revisar el sobre, Hannah tenía un puñado más de recetas que añadir a la pila amontonada en la mesa de la cocina. Por desgracia, la receta de caramelos de tofe no se encontraba entre ellas. Eso significaba que solo quedaba un sitio más donde mirar y en cuanto lo recordó, Hannah salió a toda prisa hacia el armario del cuarto de invitados, donde estaba casi segura de que había guardado su vieja mochila escolar.

Le requirió cierto trabajo. El armario estaba lleno de ropa usada y otros objetos inservibles que no había sido capaz de tirar, pero al final Hannah emergió de las profundidades, acabada la búsqueda. Su pelo rojizo, de natural revuelto, se había enredado más si cabe por un encuentro de cerca con un abrigo de felpa negro que había pertenecido a su abuela materna, pero ella aferraba una mochila rojo brillante cubierta de retales cosidos de lugares exóticos en los que nunca había estado.

—¡La encontré! —exclamó, mientras apagaba las luces y la llevaba por el pasillo hasta la cocina. Esa era otra de las ventajas de vivir sola. No había nadie que pensara que te habías vuelto loca si hablabas sola. Y por si alguien se pasara por el piso y la pillara haciéndolo, Hannah siempre podía fingir que estaba hablando con Moishe y no se había dado cuenta de que el gato había salido de la habitación.

Hannah se sentó, dio otro sorbo de café y miró la mochila. Sin libros, parecía extrañamente desinflada, como una pelota de playa que hubiera pasado todo el invierno a la intemperie. No parecía muy prometedora, pero era el último sitio que le quedaba por mirar.

—En fin, a ver qué sale... —le dijo Hannah al gato que no estaba allí, y metió la mano hasta el fondo de la mochila. Lo primero que encontró fue su vieja fiambrera escolar que, a su vez, tenía algo al fondo. Fuera lo que fuese, o hubiera sido, hacía siglos que había caducado. Hannah también encontró unas gafas de sol, un puñado de bolígrafos variados y un candado con una combinación que ella había olvidado. Finalmente, sus dedos tocaron papel, un papel rígido del tamaño de una ficha.

Con el corazón latiéndole fuerte, Hannah sacó la mano de la mochila y echó un vistazo. Era la receta para el tofe inglés metafísico de Ibby. ¡No veía el momento de probarlo de nuevo!

Tras echar un rápido vistazo a la lista de ingredientes, Hannah se dio cuenta de que la suerte le había sonreído. Tenía de todo, incluso un paquete de galletas Club Crackers. Eran las galletas de aperitivo favoritas de su madre y Hannah había comprado para las fiestas.

No tardó mucho en forrar una bandeja con papel de aluminio y rociarlo con espray antiadherente para cocinar. Hannah cubrió el papel con galletas saladas y mezcló los ingredientes para el tofe en una cacerola. Mientras removía la mezcla caliente del caramelo, esperando que transcurrieran cinco minutos, volvió a pensar en Candy. Sin duda, no haría ningún daño formular unas preguntas a un experto, y tenía uno en la familia. Su cuñado, Bill, era ayudante del *sheriff*. Hannah miró el reloj. Eran las once y media, pero Bill nunca se acostaba antes de medianoche. Con un poco de suerte él contestaría la llamada antes de que despertara a su hermana, Andrea. Hannah descolgó el aparato, marcó el número y siguió removiendo mientras sonaba.

—Está aquí en la mesa junto a la puerta principal. Debes habértela dejado mientras buscabas las llaves del coche. Me acercaré en mi coche hasta allí ahora mismo si quieres, pero eso significa que tengo que despertar a Tracey y...

—Soy yo, Andrea —dijo Hannah interrumpiendo lo que a todas luces era una explicación dirigida a su cuñado—. ¿Bill se fue a trabajar y se olvidó la comida?

—Pues sí, y además hoy hace turno doble. Uno de los chicos llamó para decir que estaba enfermo.

—¿Quieres que le lleve algo?

—Eso sería muy amable por tu parte, Hannah, pero no hace falta. Puede pedir una pizza otra vez. Ya le ha pasado un par de veces antes e hizo eso. —Hubo una pausa y cuando Andrea volvió a la línea sonó desconcertada—. Bien pensado, siempre le pasa cuando le preparo sándwiches de mortadela de Bolonia y queso untable con pimiento. Si no lo conociera mejor, pensaría que no le gustan.

Hannah no se unió a la risa que se le escapó a su hermana ante lo que le parecía un absurdo. Hannah había probado los sándwiches de Bolonia y queso con pimiento de Andrea. En una escala de uno a diez, ella les pondría un menos seis.

—¿Qué haces levantada tan tarde? —preguntó Andrea.

—Preparo caramelos de tofe. Si me salen bien, te guardaré algunos.

—Todo lo que preparas está rico. Y a mí los de tofe me encantan. ¿Son de los que llevan chocolate y nueces por encima?

—Esos son.

—¡Oh, estupendo! También son los favoritos de Bill. A lo mejor podrías enseñarme a prepararlos.

«Cuando las vacas sepan hacer ecuaciones», pensó Hannah, pero no lo dijo. Andrea era un desastre en la cocina. No había forma de que un mero mortal pudiera enseñarle a cocinar.

—¿Y qué necesitabas...? —preguntó Andrea, borrando la imagen mental de Hannah de unas vacas levantadas sobre sus patas traseras para escribir complicadas fórmulas matemáticas en una pizarra.

—En realidad, nada. Solo quería hacerle una pregunta a Bill.

—Sobre Mike Kingston, seguro. —Andrea mencionó al inspector más reciente del departamento—. Bueno, te ahorraré la molestia. Mike le contó a Bill que se lo había pasado en grande cuando fue a la bolera contigo. Y que te va a pedir que volváis a quedar este fin de semana.

—Eso es... genial —dijo Hannah. No estaba segura de que le gustara el sistema de aviso de cita temprano, pero resultaba poco menos que inevitable dado que Bill trabajaba con Mike.

—Bueno, si no necesitas nada más, tengo que acostarme. Mañana madrugo.

—¿Vas a levantarte temprano? —Hannah esperó no haber sonado tan sorprendida como se sentía. Andrea decidía qué horas trabajaba en la inmobiliaria Lake Eden Realty. Por lo general dormía hasta las nueve o así y luego dedicaba una hora para prepararse para el trabajo. Dado que la mayoría de la gente no quedaba para ver casas hasta mediodía o más tarde, a ella le iba perfecto.

—Tengo que enseñar una casa a la una —explicó Andrea—. Y eso significa que debo levantarme a las siete.

—¿Tardas seis horas en prepararte para enseñar una casa?

—¡Claro que no! Es que mañana por la tarde se celebra la merienda del Dorcas Circle y en Cut 'n Curl no tienen ni un hueco libre. El único momento en que puede atenderme Bertie es a las ocho de la mañana. Y eso me recuerda...

—Me encantará —la interrumpió Hannah, sabiendo exactamente qué iba a pedirle su hermana—. Tú trae a Tracey antes de ir a la peluquería de Bertie y ya me encargaré yo de que llegue a Kiddie Korner a tiempo.

—Gracias, Hannah. Eres un cielo, ¿lo sabes?

—Lo sé. Por eso Mike quiere salir conmigo otra vez.

—A decir verdad..., esa no es la razón —dijo Andrea, interpretando literalmente las palabras de Hannah—. Le dijo a Bill que eras la mujer más graciosa que había conocido en su vida.

Hannah intentó pensar en algo que decir, pero le resultó difícil. No estaba segura de si ser graciosa era mejor que ser un cielo. Y tampoco estaba segura de si lo que había dicho Mike era un cumplido o no lo era. Después de todo, los payasos son graciosos, pero no tienes por qué querer salir con uno de ellos.

Sonó el temporizador, lo que le impidió analizar el problema más a fondo, y Hannah quitó la cacerola de tofe del fogón.

—Tengo que irme. Mi tofe me necesita. Nos vemos por la mañana, Andrea.

Verter la mezcla acaramelada caliente sobre las galletas saladas no fue difícil, como tampoco lo fue introducir la bandeja en el horno. Hannah puso el temporizador para diez minutos y se sentó a la mesa de la cocina a esperar. Si el tofe le salía bien, le daría algunos a Bill de camino al trabajo mañana por la mañana. Seguramente él la invitaría a tomar una absolutamente intragable bazofia de comisaría que se parecía al café tanto como un tractor se parece a un deportivo de alta gama, pero le daría a ella la oportunidad de plantearle algunas preguntas teóricas sobre qué métodos policiales adoptar ante una fugitiva.

Cuando el temporizador volvió a sonar, Hannah sacó la bandeja del horno y espolvoreó las pepitas de chocolate con leche. Esperó hasta que estas empezaron a fundirse y entonces las extendió con una espátula. Una vez hubo esparcido las nueces pacanas picadas por encima y metido la bandeja en la nevera, limpió la cocina y se dirigió a la cama para su segunda tentativa de conciliar el sueño.

Como había esperado, Moishe seguía despatarrado sobre su almohada. Hannah se metió en la cama por el otro lado y cogió la almohada de Moishe. Era de gomaespuma y ella detestaba las almohadas de espuma. Y no solo eso: era una espuma grumosa que empezaba a desmenuzarse y, además, olía. Era casi peor que dormir sin almohada, pero sencillamente estaba demasiado cansada para declarar una guerra territorial al gato por la cara almohada de plumas de ganso que había comprado en el Tri-County Mall. Ahuecó la espuma, la puso debajo de su cuello y esperó no despertarse rígida como una tabla por la mañana. Y entonces, aunque no estaba acostumbrada a dormir en ese lado de la cama, y la almohada de gomaespuma parecía una bolsa gigantesca y petrificada de nubes dulces en miniatura, y hasta se había olvidado de quitarse las zapatillas, se quedó dormida casi al instante.

Tofe inglés
metafísico de Ibby

Precaliente el horno a 175 °C, con la rejilla en la posición intermedia.

1 caja de 450 gramos de galletas saladas*
   (las mías eran Club Crackers)
225 g de mantequilla
220 g de azúcar moreno
340 g de pepitas de chocolate con leche
250 g de nueces pacanas picadas (saladas
   o sin sal, no importa)

* Si no encuentra Club Crackers en su tienda habitual, puede utilizar cualquier marca de galletas saladas de soda. Su objetivo es cubrir el fondo de la sartén todo lo que pueda con algo que sea a la vez crujiente y salado.

Recubra una bandeja de 25 × 40 cm con papel de aluminio. Una bandeja para hornear galletas sería perfecta, pero si no dispone de ella o la bandeja que tiene es más grande, levante los bordes del papel de aluminio para formar los lados a la medida indicada.

Rocíe el aluminio con espray antiadherente para cocinar. *(Facilitará la tarea cuando el caramelo se endurezca y haya que separarlo del papel de aluminio.)*

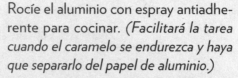

Cubra todo el fondo de la bandeja con las galletas saladas, con el lado con sal hacia arriba. *(Puede romper las galletas en trozos para que le encajen mejor.)* Resérvela mientras cocina la mezcla de tofe.

1.ª nota de Hannah: Para confeccionar este caramelo no necesita un termómetro de repostería.

Mezcle la mantequilla con el azúcar moreno en una cacerola. Llévelo a ebullición a fuego medio-alto, removiendo sin parar. Hiérvalo durante 5 minutos exactos, removiendo. Si borbotea demasiado, baje el fuego. Si empieza a perder hervor, suba el fuego. Pero en ningún caso deje de remover.

Vierta la mezcla sobre las galletas saladas todo lo uniformemente que le sea posible.

 2.ª nota de Hannah: Yo empiezo a verter la mezcla en hileras de arriba abajo a lo largo de la bandeja. Luego la giro y vierto más hileras a lo ancho del recipiente. Una vez toda la bandeja está cubierta con la mezcla entrecruzada de tofe, vierto lo que quede donde se necesite. Si así no cubre las galletas saladas del todo, no se preocupe: la mezcla se extenderá un poco más en el horno.

 Introduzca la bandeja en el horno y hornee el caramelo a 175 °C durante 10 minutos.

Saque la bandeja del horno y espolvoree las pepitas de chocolate con leche por encima. Deje que las pepitas se fundan durante un par de minutos y luego espárzalas uniformemente con una espátula resistente al calor, una paleta de madera o un cuchillo de punta redonda.

Espolvoree las nueces pacanas picadas por encima del chocolate y refrigere la bandeja.

Cuando el tofe se haya enfriado por completo, sepárelo del papel de aluminio y rómpalo en trozos al azar.

3.ª nota de Hannah: Ibby utilizaba sus caramelos de tofe como recompensa para las altas calificaciones. Una vez los pruebe, sabrá por qué puedo recitar todavía al menos una estrofa de cada uno de los poetas metafísicos.

CAPÍTULO CINCO

Los faros de la camioneta de galletas de Hannah resplandecieron contra la hilera de ventanas de un solo cristal que se extendían a lo largo de la fachada del achaparrado edificio de ladrillo rojo que alojaba al departamento del *sheriff* del condado de Winnetka. Era un edificio relativamente nuevo, construido con el dinero del condado, y las ventanas, una para cada despacho, no se abrían. Eso lo convertía en más eficaz energéticamente, según las directrices del gobierno del condado. Con independencia de la estación del año o de la temperatura exterior, el interior se mantenía en unos políticamente correctos veinte grados.

Había ocho aparcamientos en batería reservados para los visitantes y Hannah pudo elegir entre los ocho. Dado que su madre no había criado a una idiota, ocupó el más cercano a la puerta principal. Cogió la caja de muestras de tofe que había preparado antes de salir de su apartamento y, equipada con tres bolsas de galletas del día anterior que serían rápidamente devoradas por cualquiera que estuviera de servicio dentro, se apeó apresuradamente de su camioneta y corrió hacia la puerta principal.

Hannah abrió la primera puerta y entró en el recinto que hacía las veces de guardarropa. Era estrecho, con más de pasillo que de cuarto, y contenía un estante para botas y una serie de ganchos para colgar parkas y bufandas. La puerta que daba a la comisaría estaba al final, y el recinto también servía de amortiguador entre el gélido aire invernal y el ayudante encargado de la mesa de recepción.

Hannah no pudo reprimir una sonrisa mientras se quitaba las botas y colgaba su parka en un gancho. El consejo del condado había gastado miles de dólares para investigar aquel sistema de puerta interior y exterior que ahorrase energía, algo que cualquier nativo de Minnesota que tuviera un porche delantero o trasero cerrado le habría explicado gratis.

Cuando Hannah se acercaba a la puerta interior para entrar, esta se abrió y apareció Bill.

—Entra, Hannah. Estaba en el despacho y te he visto aparcar.

—Hola, Bill —le saludó Hannah y le pasó la bandeja de tofe.

—¿Qué es esto?

—Caramelos de tofe inglés. Los hice anoche. Y también he traído galletas. ¿Tienes un momento para tomar un café? Me gustaría hablar contigo.

—Si algo tengo es tiempo. Esto ha estado más que muerto toda la noche, muerto como un clavo remachado. —Bill se interrumpió y frunció ligeramente el ceño—. Me pregunto qué significa eso...

—¿Qué significa qué?

—Lo de clavo remachado. Lo llevo diciendo toda la vida y no sé qué significa.

—Es una expresión que se remonta al siglo XIII. Incluso la utilizó Shakespeare en *Enrique IV*. La mayoría de los académicos creen que procede de aplastar un clavo.

—¿Y eso cómo se hace?

—Clavando un clavo largo y remachando la punta saliente en el interior, de manera que no pueda sacarse. Eso era lo que hacían antes de tener tuercas que reforzaran mejor cosas como puertas. Los clavos se llamaban «muertos» porque quedaban doblados y no podían ser extraídos y usados de nuevo. —Hannah dejó de hablar cuando se dio cuenta de que Bill la miraba asombrado—. ¿Qué pasa? —preguntó.

—Me estaba preguntando cómo sabes todo eso.

Hannah se encogió de hombros.

—Lo leí en alguna parte y se me quedó. A veces pasa.

—Vale, me fiaré de ti. Pasa a mi despacho y te traeré un poco de café de la sala de descanso. Es más reciente que el que hay en la máquina.

—Pero ¿es mejor? —preguntó Hannah y luego se encaminó al despacho de Bill. Pronto averiguaría la calidad del café.

Hannah recorrió el pasillo y abrió la puerta con la placa de cobre falso que rezaba «William Todd, inspector» en letras estampadas diseñadas para parecer grabadas. Entró en el despacho que era más un cubículo que una oficina y se sentó en una de las sillas que estaban delante de la mesa. Los agentes normales tenían mesas dispuestas en una especie de sala abierta. Cada mesa estaba rodeada de paneles que llegaban a la altura del pecho, lo que creaba una sensación de intimidad cuando te sentabas. Esa ilusión se disipaba rápidamente en cuanto te levantabas, y los agentes practicaban lo que llamaban la comunicación «por encima de la valla trasera» a todas horas. Cuando tenías que hablar con otro agente, sencillamente te levantabas, mirabas por encima de los paneles y gritabas.

Cuando Bill ascendió al cargo de inspector, una de las ventajas consistió en disponer de un despacho con paredes de verdad, una puerta de verdad que se cerraba y una ventana que, aunque no se abría, daba al aparcamiento para visitantes. Mientras esperaba,

Hannah se volvió a mirar por la ventana de Bill. Su camioneta de galletas estaba a la vista, y parecía más de un color vino que rojo bajo el baño de luz azulada de los focos montados en la fachada del edificio. No habían llegado más «visitantes». Su camioneta era el único vehículo que rompía el perfil de la extensión de nieve blanca y lisa que se desplegaba a lo largo del trecho sin árboles de terreno del condado que acababa abruptamente en la carretera.

Hannah oyó pisadas en el pasillo. Debía de ser Bill con el café. Rápidamente esbozó una sonrisa y respiró hondo para tranquilizarse. Mentir no era propio de ella. La mayoría de la gente podía saber cuándo ella les contaba una tontería para sonsacarles información. Pero Bill llevaba más de cinco horas trabajando a estas alturas y seguramente estaría cansado. Tal vez no cayera en la cuenta de que esta era algo más que una simple visita social.

—Mira a quién he encontrado en la sala de descanso —dijo Bill al entrar con el café—. Le dije que habías traído unas galletas y se empeñó en acompañarme.

Hannah se dio la vuelta, esperando ver a Rick Murphy o alguno de los otros agentes que conocía, pero en su lugar se encontró mirando fijamente a Mike Kingston. ¿Qué pintaba aquí tan temprano? Como inspector jefe, trabajaba en un horario normal y nunca doblaba turno a no ser que hubiera un caso importante o...

—Hola, Mike —dijo interrumpiendo el hilo de sus propios pensamientos.

—Hannah. —Mike se sentó en la otra silla que había delante de la mesa de Bill y estiró el brazo para tocarle la mano—. Qué madrugadora.

—Siempre me levanto temprano. Tengo que hornear antes de abrir. —Los ojos de Hannah se cruzaron con su amable mirada de ojos azules y reprimió las ganas de acercarse más. El hombre tenía carisma, por no mencionar su increíble atractivo.

—Tranquila, ya te he entendido. Soy una persona matutina. Me gusta llegar cuando todo está tranquilo e ir entrando poco a poco en materia. Bill dijo que querías hablar con él. Si es personal, os dejo.

—¡No! Quiero decir... que no es nada personal. Es teórico. Al menos, espero que lo sea. — Hannah respiró hondo y empezó el discurso que había ensayado durante el trayecto en coche desde su apartamento—. La prima de Lisa se ha escapado de casa y solo tiene quince años. Su madre cree que está durmiendo en casa de una amiga y que volverá cuando se harte de compartir lavabo, pero le ha preguntado a Lisa qué pasaría si la chica fuera detenida por la policía.

Bill sonrió mientras alargaba la mano para coger una galleta.

—Pues que, como es menor de edad, las autoridades la devolverán a la custodia de sus padres.

—Pero ¿y si ella no les dice a las autoridades quiénes son sus padres ni dónde viven?

—Eso pone las cosas un poco más difíciles. —Bill le pasó la bolsa de galletas a Mike, que cogió una y se la devolvió—. En ese caso, las autoridades la mantendrán bajo la custodia de los servicios de protección de menores hasta que pueda localizarse a los padres. ¿Qué clase de galletas son estas, Hannah? ¡Están riquísimas!

—Son galletas con pepitas de caramelo. También llevan copos de avena. —Hannah hizo cuanto pudo para contener su impaciencia. Necesitaba más información, y también debía andarse con cuidado para que ninguno de los dos hombres sospechara que estaba describiendo a Candy y su propia situación en The Cookie Jar.

—Son perfectas para el desayuno —dijo Mike, que alcanzó otra—, sobre todo porque llevan avena. Mi madre intentó que la comiera todas las mañanas, y yo lo habría hecho si la hubiera preparado en galletas como estas.

Hannah sonrió para agradecer el cumplido, pero era hora de ir al grano:

—Pongamos que esta fugitiva se presenta aquí, en Lake Eden, y se niega a colaborar con vosotros. No os dice su apellido ni su lugar de origen, ni siquiera el estado. Afirma que tiene más de dieciocho, pero no lo parece y no puede demostrarlo. ¿Qué pasos daríais?

—Me pondría en contacto con Lisa y le diría que llamara a su tía. La chica puede quedarse con ella y su padre hasta que su madre venga a recogerla.

Hannah estuvo a punto de gruñir. Mike la había tomado de manera literal. Tal vez más valía preguntar a Bill.

—Vale, olvídate de que he mencionado a Lisa. Siento curiosidad y quiero volver a la teoría. Supongamos que no conoces a la chica ni a sus padres. ¿Qué harías, Bill?

—Después de interrogarla, llamaríamos a los servicios de protección de menores para que vinieran a por ella. Ellos se harían con su custodia y se asegurarían de cuidarla. Seguidamente nos concentraríamos en averiguar de dónde procede.

—¿Y cómo lo harías?

—Revisaríamos los informes de personas desaparecidas —intervino Mike— y compararíamos la fotografía que le haríamos con las imágenes archivadas. Luego redactaríamos nuestro propio informe con la foto, diciendo que la habíamos encontrado y añadiendo cuanto supiéramos sobre ella. Entonces le tomaríamos las huellas para ver si está en el sistema de detención juvenil. Si se ha fugado antes de casa podría estar ahí.

—¿Y eso es todo? —preguntó Hannah mirando sorprendida a ambos hombres—. ¿No haríais nada más?

—Eso es todo lo que podríamos hacer —la corrigió Mike.

—De manera que la chica se quedará en el hogar infantil del condado de Winnetka hasta que este decida que ha cumplido los dieciocho.

Mike se encogió de hombros.

—Eso es lo que pasa a veces. Pero no te olvides de que, para empezar, hay una razón por la que la chica se fugó de su casa. Quizá esté mejor en el hogar de acogida del condado.

Hannah había trabajado como voluntaria en el hogar infantil del condado de Winnetka. Los niños eran bien cuidados y el personal hacía lo posible para que fuera un lugar alegre, pero el viejo edificio de granito no dejaba de ser una institución, no un verdadero hogar.

—Tengo que irme —dijo Mike, que se levantó y le cogió la mano a Hannah—. ¿Quedamos el sábado por la noche? ¿Quieres salir a cenar una hamburguesa y ver una película o algo así?

—Me encantaría —dijo Hannah, alegrándose de que su voz no hubiera sonado chillona ni le hubiera temblado, ni hubiera hecho nada que delatara lo emocionada que estaba porque le hubiera pedido otra cita.

—Entonces nos vemos a las seis. Si ya te vas te acompaño hasta la puerta.

—La acompañaremos los dos —dijo Bill poniéndose en pie—. Es lo menos que podemos hacer por estas galletas.

Hannah se sintió un tanto rara cuando Bill la tomó por el brazo izquierdo y Mike por el derecho. Y todavía más rara cuando recorrieron el pasillo hacia la mesa de recepción de la entrada. Si alguien hubiera estado esperando en las sillas de plástico del vestíbulo, ella habría sentido la necesidad de explicar que no estaba detenida, que el policía de su izquierda era su cuñado y el hombre a su derecha era su cita para el sábado por la noche.

Galletas con pepitas de caramelo

Precaliente el horno a 175 °C, con la rejilla en la posición intermedia.

225 g de mantequilla
200 g de azúcar moreno
200 g de azúcar blanco
2 huevos, batidos *(bátalos en un vaso con un tenedor)*
1 cucharadita de levadura en polvo
½ cucharadita de bicarbonato sódico
½ cucharadita de sal
1 cucharadita de extracto de vainilla
280 g de harina
300 g de pepitas de caramelo («butterscotch chips»)
130 g de copos de avena *(avena sin cocinar; yo utilicé copos de avena de textura fina)*

Derrita la mantequilla en un gran cuenco apto para microondas. *(Unos 90 segundos a temperatura máxima.)* Añada los azúcares y déjelo enfriar un poco.

Luego agregue los huevos batidos, la levadura en polvo, el bicarbonato, la sal y el extracto de vainilla.

Incorpore la harina y luego las pepitas de caramelo. Añada los copos de avena y mézclelo todo bien. Deje reposar la masa, sin tapar, durante 10 minutos para que la mantequilla se solidifique.

Con las manos o con una cucharita, forme bolas de masa y colóquelas en bandejas para galletas engrasadas (en cada una caben unas 12). Aplástelas un poco para que no rueden cuando las lleve al horno. *(Yo prefiero trabajar con las manos: las galletas salen redondas y uniformes.)*

Hornee a 175 °C entre 12 y 15 minutos. Deje enfriar las galletas en la bandeja durante un par de minutos y luego páselas a una rejilla para que se enfríen del todo.

Se pueden congelar; basta con envolverlas en papel de aluminio y ponerlas en una bolsa para congelador.

Cantidad: Esta receta da aproximadamente entre 8 y 9 docenas de galletas, dependiendo del tamaño.

Nota de Hannah: A Carrie, la amiga de mamá, le encantan cuando utilizo 150 g de pepitas de caramelo y 150 g de pepitas de chocolate con leche.

CAPÍTULO SEIS

—Muy bien, a ver, ¿qué pasa con la tía de Lisa?

—¿Andrea?

—La misma. Bill acaba de llamar y me ha dicho que le llevaste unos dulces. Y mientras estabas allí, le explicaste que la prima de Lisa se había ido de casa. ¿Es eso verdad?

—Esto..., bueno...

—Ya sabía yo que no, sobre todo cuando Bill dijo que le hiciste algunas preguntas sobre menores de edad fugados de sus casas. Así que, dime, ¿dónde la tienes?

Hannah miró a Candy, que estaba ayudando a Lisa a pasar varias bandejas de galletas recién horneadas a los tarros de cristal que usaban para exhibirlas. Cuando había sonado el teléfono a las siete y media de la mañana, lo había contestado dando por sentado que era su madre. Pero era Andrea con un montón de preguntas.

—Aquí mismo. —Hannah emitió un leve suspiro. Creía que había hecho un buen trabajo convenciendo a Bill y a Mike de que sus preguntas eran puramente teóricas—. ¿Bill sospecha de mí?

—No, Bill no sospecha de ti. Soy yo la que sospecha. A mí nunca me has engañado, Hannah.

—¿Ni siquiera indirectamente?

—Ni siquiera. Venga, suéltalo ya.

Hannah suspiró y estiró el cable del teléfono para poder entrar en la cafetería, donde tendría mayor intimidad. Incluso de joven, Andrea siempre había sabido cuándo Hannah intentaba engañarla. A la vez, Andrea era ferozmente leal a la familia. Si Hannah le hablaba de Candy y le pedía que lo mantuviera en secreto, su hermana no le diría nada a nadie.

—Hace dos noches, una chica sin techo irrumpió en mi tienda para escapar del frío. Anoche le dejé un poco de comida y conseguí atraparla. Le dije que podía quedarse aquí y le prometí que no llamaría a la policía. Estoy bastante segura de que se ha fugado de casa.

—¿Y es menor de edad? —preguntó Andrea.

—Tanto Norman como yo así lo pensamos.

—¿Norman la ha visto?

—Anoche teníamos una cita y me ayudó a atraparla.

—¡Menuda cita!

Hannah se rio entre dientes.

—Bueno, eso no fue lo único que hicimos. Primero salimos a cenar.

—Bien. Al menos no fue un desperdicio total. Bueno, ¿y qué tienes pensado hacer con ella?

—Dejarla aquí e intentar encontrar a su madre. Dijo que su padre había fallecido y pareció sincera.

—¿Y vas a hacerlo por tu cuenta?

—Sí. Si la entrego a las autoridades, la meterán en el hogar de acogida del condado.

—Eso es verdad. —Andrea emitió un leve suspiro que a Hannah le sonó a resignación—. Muy bien, te ayudaré. Es casi como un asesinato y ya sabemos que esos los resolvemos bien.

—¿En qué se parece a un asesinato? —preguntó Hannah, que se debatía entre querer asomarse a los procesos de pensamiento de su hermana y creer que más le valía no conocerlos.

—En lugar de buscar a un asesino, buscaremos a una madre.

—Muy bien —dijo Hannah arrepintiéndose de haber preguntado—. No te olvides de que estás casada con un inspector de la oficina del *sheriff* y yo estoy alojando a una fugitiva. ¿Estás segura de que te quieres implicar?

—¡Claro que sí! Tengo que salvarte de ti misma. No hay forma de que tú puedas conseguir ninguna información porque no sabes mentir. No se te da nada bien.

Hannah no se molestó en negarlo, sobre todo porque su hermana tenía razón.

—Yo, por mi parte, ¡soy una experta mentirosa!

Una vez más, Hannah guardó silencio. No quería entablar una discusión sobre si el dominio de algo que era moralmente reprensible daba a Andrea derecho a alardear.

—Deja que me encargue de todo. Me pasaré a ver a la chica después de ir a la peluquería. Y tú vigila a la fugitiva mientras esté con Tracey.

—Es una buena chica, Andrea. No le haría ningún daño a Tracey.

—Me subestimas, Hannah. No te he dicho que la vigiles por eso. Si es amable con Tracey, podría significar que está acostumbrada a tener alrededor a niños de esa edad. Y eso podría querer decir que tiene un hermano o una hermana pequeños.

—Tienes toda la razón. —Hannah supo que había llegado el momento de tragarse un sapo—. Bien pensado.

—Gracias. Se me dan bien estas cosas.

—Sin duda. —Hannah decidió que ese era su último trozo de sapo—. No te olvides de andarte con cuidado con lo que dices cuando la conozcas. No puede escapársete que sabes que es una fugitiva, porque saldrá pitando y no volveremos a verla.

—Muy bien. ¿Qué tapadera vas a usar para justificar la presencia de la chica en The Cookie Jar?

—No se me ha ocurrido ninguna todavía.

—En ese caso, déjame a mí. Se me dan mejor las historias de encubrimiento que a ti. Digamos que es la hermana pequeña de Ellen.

—¿Ellen?

—Ellen Wagner, tu antigua compañera de piso cuando estabas en la facultad. Me la presentaste cuando fuimos a tu graduación.

—Es verdad. Me sorprende que te acuerdes de ella.

—Me acuerdo de su vestido más que de ella. Las chicas tan corpulentas no deberían ponerse vestidos de estampados grandes, sobre todo de colores brillantes. Procedía de una familia numerosa, ¿no?

—Sí, de Dakota del Norte.

—Eso servirá. Una pizca de verdad siempre ayuda en una historia que sirve de tapadera. En cualquier caso, Ellen te llamó y te pidió que contrataras a su hermana para el exceso de trabajo que tienes durante las vacaciones. Y la razón por la que quería que la contrataras era... ¿cómo se llama tu fugitiva?

—Candy.

—Vale. —Andrea respiró tan hondo que Hannah oyó el suspiro a través del teléfono mientras recogía los hilos de su invención—. Ellen te pidió que contrataras a Candy en vacaciones porque el novio de Candy rompió con ella y empezó a salir con su mejor amiga. Y Candy no soportaba estar en el mismo pequeño pueblo que ellos.

—A mí me suena bien. Y aporta otra pizca de verdad a tu historia falsa.

—¿El qué?

—En Lake Eden todo el mundo sabe que me vendría bien un poco de ayuda en vacaciones. Lisa y yo estamos tan ocupadas que tenemos que pedir hora al paquete de clínex para estornudar.

Trabajar en The Cookie Jar era un sueño hecho realidad. Hannah era agradable y decía cosas graciosas que hacían reír a Lisa y a Candy. Candy no se sentía tan bien desde que había reunido sus cosas y había huido, y se encontró sonriendo mientras daba forma a una bandeja de galletas de bastón de caramelo como le había enseñado Lisa. Era fácil. Lo único que tenía que hacer era enrollar una cucharada de masa blanca y otra de masa rosa, retorcer los dos rollos juntos y darles forma de un bastón con una curva en un extremo.

—Estas las horneamos solo durante nueve minutos —le dijo Hannah—. Si las dejamos más tiempo, la parte blanca se volverá marrón.

—¿No habría que decir dorada, mejor que marrón? —bromeó Candy, recordando cómo había descrito su madre un pastel que habían dejado en el horno demasiado tiempo.

Hannah se rio y se volvió hacia Lisa.

—Esta chica llegará lejos. Ya se ha leído el manual de excusas del repostero.

Candy terminó la última bandeja de galletas y las metió en el horno. Tenían sabor a almendra y a su madre le habrían encantado. Había una repostería a solo tres manzanas de su casa y solía caminar hasta allí todos los sábados por la mañana y comprarle a su madre una barrita de mazapán bañada en chocolate.

Las lágrimas asomaron a los ojos de Candy. Echaba mucho de menos a su madre. Para no pensar demasiado en ella, se concentró en las galletas que se hacían en el horno.

—No hace falta que te quedes mirándolas todo el rato —le dijo Lisa—. Has puesto el temporizador, ¿no?

—Sí, claro, para nueve minutos. Y en realidad no estaba mirando las galletas. —Candy parpadeó para quitarse la humedad de los ojos y se volvió para encarar a Lisa—. ¿Quieres otra receta de caramelos? Acabo de acordarme de una.

—¿Memorizas recetas?

Candy asintió.

—Tengo una memoria de esas raras. Soy capaz de ver la receta en mi cabeza y lo único que tengo que hacer es leerla en voz alta. Se me ha olvidado cómo la llaman.

—Memoria fotográfica —les informó Hannah. Estaba en el mármol, dando la espalda a Candy y a Lisa, picando caramelos de menta de esos a rayas blancas y rojas para espolvorearlos luego sobre las galletas de bastón de caramelo—. Es como si tu cabeza tomara una fotografía con una cámara. Hay veces que me gustaría tener una memoria así, pero por lo que he oído tiene algún inconveniente.

—¿Cuál? —preguntó Candy.

—Las memorias fotográficas no son muy selectivas. Memorizar recetas es una habilidad que podría resultar muy útil, pero apostaría a que te descubres memorizando también un montón de cosas inútiles.

—¡Tienes razón! —dijo Candy con una risita—. Todavía me acuerdo del número de matrícula de nuestra antigua furgoneta.

Era una de esas personalizadas en la que ponía «bichos». Se le ocurrió a mamá para papá cuando abrió la clínica.

Lisa se rio.

—Qué bonito. ¿Y qué me dices del número de tu matrícula, te lo sabes?

—Yo no tengo... —Candy se interrumpió sin acabar la frase. Le había dicho a Hannah que tenía veinte años y, de ser así, lo más probable es que tuviera coche—. No, ese no me lo sé. Pero sí puedo citar por orden todos los libros de la Biblia. Los memoricé justo antes de que fuéramos a visitar al abuelo Samuel. Es pastor metodista.

—Seguro que lo dejaste impresionado —dijo Hannah, que se dio la vuelta para sonreírle.

Candy asintió.

—Y también a mamá. Y a partir de entonces me pedía que memorizara cosas para ella.

—¿Qué cosas?

—La lista de la compra cuando íbamos a la tienda. Solo por si se le olvidaba algo. Y el número de teléfono de papá en la clínica. Ella nunca se acordaba. Intenté enseñarle, ¿sabes? Le dije que todo eran unos, cuatros y ochos. Me refiero a que no es tan difícil recordar ocho-uno-cuatro, ocho-cuatro-cuatro-uno. Pero ella los confundía siempre.

Candy dejó de hablar y frunció levemente el ceño. Era hora de cambiar de tema. Estaba hablando demasiado sobre sí misma y no quería que Hannah o Lisa averiguasen de dónde procedía.

—Cuando hayamos acabado con las galletas, ¿quieres que te haga un brazo de chocolate con nueces pacanas? Puedes venderlo en porciones.

—Eso suena fabuloso —dijo Lisa—. ¿Qué te parece, Hannah?

—Espléndido. Si necesitas algo que no tengamos, te daré el dinero y puedes ir a comprarlo al Red Owl.

Candy se lo pensó un momento y luego negó con la cabeza. Había echado un buen vistazo al contenido de la despensa de Hannah la primera noche que había pasado en The Cookie Jar y había visto casi todo lo que necesitaba.

—¿Tienes mantequilla?

—Siempre tenemos mantequilla —le dijo Hannah—. Mi abuela Ingrid repetía que no hay nada que no sepa mejor con más nata, más azúcar y más mantequilla.

Candy se rio. Era una frase graciosa y tenía que memorizarla para decírsela a su madre. Pero pasaría mucho tiempo antes de que volviera a verla.

—¿Algo más? —preguntó Lisa. Tras un primer sobresalto, Candy se alegró de la interrupción. Estaba volviendo a entristecerse, pensando en su madre y en su casa.

—Chocolate en onzas, del que viene envuelto en papel blanco. Necesito dos tabletas.

—¿Qué porcentaje de cacao? ¿Cuarenta y ocho, cincuenta y cuatro o cien por cien? —Hannah le dio tres opciones. Durante un instante, Candy se quedó paralizada. No sabía que hubiera más de una clase de chocolate que se vendiera envuelto en papel blanco. El que necesitaba olía bien pero sabía espantoso, aunque es posible que ellas no lo supieran.

—Espera un momento y te diré lo que pone en el paquete —dijo.

Candy cerró los ojos y pensó en el paquete que guardaban en la alacena de su casa.

—Viene en una caja naranja y marrón y dice «Baker's» en grandes letras amarillas. Y tiene una imagen de una señora con un delantal justo delante del nombre. Eso está en la parte de arriba de la zona marrón. Y luego en la zona naranja dice: «Chocolate de repostería, sin azúcar, 100 % cacao».

Candy abrió los ojos y parpadeó.

—Lo has visualizado, ¿verdad? —preguntó Hannah.

—Ajá. ¿Tenéis?

—Sí, tenemos. ¿Algo más?

—No, los demás ingredientes ya sé que los tenéis. ¿Quieres que apunte la receta para asegurarnos?

—Buena idea —dijo Hannah, que le pasó un bolígrafo y una de las libretas que utilizaban las secretarias en las antiguas películas en blanco y negro que solían ver sus padres—. Nunca viene mal repasarlo. Si nos gusta, la añadiré a nuestro archivo de recetas. Escribe tu nombre arriba para atribuírtela si la utilizamos en la tienda.

Candy tomó la libreta y empezó a escribir, sintiéndose un poco como una secretaria a la antigua usanza, apuntando una carta en taquigrafía para su jefe. Una vez hubo acabado, escribió su nombre de pila en la parte de arriba de la página, igual que hacía en clase de inglés, y la fuerza de la costumbre casi la lleva a seguir escribiendo el nombre completo. Se contuvo a tiempo y, en lugar del apellido, trazó un pequeño garabato.

Galletas de bastón
de caramelo

Precaliente el horno a 190 °C, con la rejilla en la posición intermedia.

PARA LA COBERTURA:

100 g de caramelos de menta de rayas
  blancas y rojas, picados*
100 g de azúcar blanco

PARA LA MASA DE GALLETA:

225 g de mantequilla blanda
125 g de azúcar glas
1 huevo batido *(basta con batirlo en una
  taza con un tenedor)*
1 cucharadita de sal
1 ½ cucharaditas de extracto de almendra
1 cucharadita de extracto de vainilla
350 g de harina
½ cucharadita de colorante alimentario
  rojo

* Puede utilizar caramelos de menta redondos rojos y blancos (de esos que parecen botones), bastones de caramelo normales o cualquier otro caramelo de menta que pueda picar en trocitos. Incluso puede utilizar pequeñas mentoladas, las diminutas

«pastillas» que encontrará en un cuenco decorado junto al surtido de frutos secos en casi todas las recepciones de boda de Lake Eden.

1.ª nota de Hannah: Lisa y yo preferimos utilizar los caramelos de menta redondos y más grandes, esos que casi se derriten en la boca, porque son mucho más fáciles de picar.

Para hacer la cobertura, coloque los caramelos de menta en una bolsa de plástico recia y píquelos con un rodillo de amasar o un mazo. Necesitará unos 100 g para cubrir las galletas.

En un cuenco pequeño, mezcle los 100 g de caramelos de menta picados con los 100 g de azúcar blanco. Resérvelo.

Para hacer la masa, necesitará dos cuencos, uno pequeño y uno de tamaño medio.

En el cuenco de tamaño medio mezcle la mantequilla blanda, el azúcar glas, el huevo batido, la sal y los extractos. Remueva hasta que quede homogéneo. Entonces añada la harina en tandas de unos 70 g, removiendo bien cada vez.

Forme una bola con la masa y pártala en dos. Ponga una mitad en el cuenco pequeño y cúbrala con film transparente para que no se seque. Esa será la parte blanca de sus galletas de bastón de caramelo.

Eche el colorante alimentario rojo en la otra mitad *(la masa del cuenco de tamaño medio)*. Mézclelo hasta que adquiera un color uniforme. Esa será la parte roja de sus galletas de bastón de caramelo.

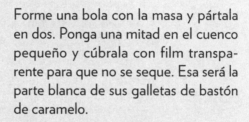

Enharine ligeramente una tabla de cortar y colóquela sobre el mármol. Es ahí donde formará los rollos de masa.

Tome una cucharadita de masa blanca del cuenco pequeño y forme un rollo de 10 cm de largo con las palmas de las manos, impecablemente limpias.

Saque una cucharadita de masa roja del cuenco y forme un rollo similar de 10 cm de largo.

Coloque los dos rollos uno al lado del otro sobre la tabla, manténgalos juntos y retuérzalos como una cuerda de manera que la galleta resultante parezca un bastón de caramelo. Junte los extremos y pellízquelos ligeramente para que no se separen.

Ponga la galleta en una bandeja de tamaño estándar SIN ENGRASAR y doble la punta para formar un bastón. Deberían caberle cuatro en cada hilera y tres hileras en la bandeja.

2.ª nota de Hannah: La primera vez que las hicimos, enrollamos una docena de partes blancas primero y luego seguimos con la docena de partes rojas. Al reposar sobre la tabla, nuestra masa se secó demasiado y las piezas retorcidas que formamos se separaron. Ahora damos forma a estas galletas una por una y mantenemos los cuencos con la masa cubiertos con film transparente mientras no la usamos. Recomiendo encarecidamente este método.

Una vez haya completado doce galletas, cubra los cuencos de masa con film transparente. Así evita que se seque entre cada hornada.

Antes de introducir su primera bandeja de galletas en el horno, extienda una hoja de papel de aluminio y coloque una rejilla encima. Encima pondrá las galletas recién salidas del horno para decorarlas con la cobertura de azúcar y caramelo. Una vez las galletas se hayan enfriado por completo, colóquelas en una caja forrada de papel de aluminio o en una fuente; si cae azúcar o caramelo a través de la rejilla, puede recogerlo y reutilizarlo después.

Hornee a 190 °C durante 9 minutos. *(Las galletas deberían empezar a dorarse cuando las saque del horno.)*

Saque inmediatamente las galletas de la bandeja y colóquelas sobre la rejilla. Espolvoréelas con la mezcla de caramelo y azúcar mientras estén todavía muy calientes.

Siga enrollando, dando forma, horneando y decorando galletas hasta que acabe la masa.

Cantidad: Aproximadamente 4 docenas de galletas, dependiendo de su tamaño.

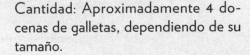

Brazo de chocolate
con nueces pacanas

1.ª nota de Hannah: No hace falta un termómetro de repostería para preparar esta receta.

1 lata de 400 g de leche condensada *(no leche evaporada)*
60 g de chocolate 100 % cacao *(yo he utilizado el de la marca Baker's)*
425 g de pepitas de chocolate 54 % cacao
1 cucharadita de mantequilla
1 cucharadita de extracto de vainilla*
1 pizca de sal
1 paquete de 225 gr de albaricoques deshidratados *(o piña, cerezas o similares)*
190 g de nueces pacanas

* Puede utilizar casi cualquier fruta deshidratada en esta receta. Lisa lo probó con piña edulcorada deshidratada y extracto de piña, y salió delicioso. Si hay un extracto que vaya bien con la fruta que utilice, puede usarlo en lugar del de vainilla.

2.ª nota de Hannah: Si no tiene chocolate 100 % cacao, no importa. Utilice 510 g de pepitas de chocolate 54 % cacao en lugar de 425 g y quedará igual de bien.

Pique la fruta deshidratada en trozos del tamaño de un guisante. Luego pique las nueces pacanas. *(Es más fácil con un robot de cocina, pero un cuchillo y una tabla de picar también servirán.)*

Pique el chocolate 100 % cacao en trozos del tamaño de una pepita. *(Así se derretirán más deprisa.)* Vierta la lata de leche condensada en una cacerola de 2 litros. Añada los trozos de chocolate 100 % cacao y las pepitas de chocolate.

Remueva la mezcla a fuego lento hasta que el chocolate se funda y retire la cacerola del fuego.

Incorpore la mantequilla, el extracto aromatizado, la sal y la fruta deshidratada. *(Reserve las nueces para más tarde, cuando haga los brazos.)*

Meta la cacerola en el refrigerador de 30 a 40 minutos.

 Saque la cacerola del refrigerador y divida la mezcla por la mitad. Coloque cada mitad en un trozo de papel encerado de 60 cm de largo.

 Estire los dos trozos de masa formando dos brazos de aproximadamente 45 cm de largo y unos 4 cm de diámetro.

 Haga rodar los brazos sobre las nueces picadas, cubriéndolos tan uniformemente como pueda. Presione ligeramente las nueces para que se peguen al exterior del brazo.

 Enrolle ambos brazos en sendas hojas de papel encerado limpias, retuerza las puntas para cerrarlas y colóquelos en el refrigerador durante al menos 2 horas para que se endurezcan.

 Corte los brazos de caramelo en trozos de 1,5 cm con un cuchillo afilado.

Cantidad: unos 48 caramelos.

CAPÍTULO SIETE

—A diós, tía Hannah, ¡hasta luego! —Tracey le dio un beso que se posó en su barbilla y luego corrió a abrazar a Lisa. Una vez acabó, se despidió de Candy moviendo la mano—. Adiós, Candy. Me alegro de haberte conocido.

—Y yo de haberte conocido a ti —dijo Candy dedicando una cariñosa sonrisa a Tracey—. Siento lo de la fracción.

—No pasa nada. Tú no lo sabías. ¡Y yo tampoco!

Las dos se rieron ante el comentario, y Hannah miró a su sobrina mientras se dirigía a la puerta trasera con Janice Cox, su maestra de preescolar. Janice había venido a recoger unas galletas que había encargado y se había ofrecido a acercar a Tracey a Kiddie Korner en su coche.

—Vamos, Candy. Puedes ayudarme a preparar las mesas —dijo Lisa, llevándose a la joven adolescente, que afirmaba tener veinte años, a la cafetería—. Una vez lo hayamos hecho, abriremos y te enseñaré cómo manejarte con el café.

En cuanto salieron, Hannah tomó el cuaderno de notas que contenía la información que había reunido sobre Candy y sacó su bolígrafo para anotar otra entrada. «¿Hija única?», escribió.

Estaba claro que Candy no tenía mucha experiencia con niños de preescolar. Cuando Tracey le había ofrecido su ayuda a Candy para mezclar la masa para las galletas blandas de chocolate y menta que preparaban para la fiesta navideña de la Sociedad de Confección de Quilts de Lake Eden, Candy le había dado la receta y le había pedido que midiera la cantidad de bicarbonato sódico.

Si Hannah hubiera escuchado la conversación, le habría explicado a Tracey qué cantidad ponía en la receta y la habría ayudado a escoger la cuchara correcta. Su sobrina ya sabía medir el bicarbonato. Había ayudado a Hannah y a Lisa a hornear antes. Incluso sabía identificar la línea que pedía el bicarbonato en la lista de ingredientes porque sabía leer las palabras «bicarbonato» y «sódico». Pero las galletas blandas de chocolate y menta requerían «½ cucharadita de bicarbonato». Y aunque Tracey se sabía todos los números enteros hasta el veinte, todavía no conocía las fracciones. Si Candy hubiera tenido una hermana o un hermano pequeños, o si hubiera pasado tiempo con niños de la edad de Tracey, habría sabido que la mayoría de los pequeños de cinco años ni siquiera saben leer todavía, y les faltan varios años para entender las fracciones.

Una vez hubo guardado la lista con las pistas sobre la identidad de Candy en el fondo de su bolso, Hannah empezó a llenar los tarros de exposición. Acababa de ayudar a Lisa y a Candy a sacarlos a la cafetería cuando Andrea entró por la puerta de atrás.

—¿Y bien? —preguntó Andrea, entrando sin llamar. Cerró la puerta, avanzó unos pasos y se dio la vuelta con soltura, como una modelo—. ¿Qué te parece?

—Espléndido —respondió Hannah. Su comentario se refería al peinado de su hermana, un complejo moño con los rizos enmarcándole suavemente la cara, y también a la ropa. Andrea llevaba un traje de lana de color coral brillante, con piel alrededor del cuello. Era un color que Hannah solo se pondría si quisiera ayudar a Jon Walker, el dueño de la farmacia de Lake Eden, a vender su *stock* entero de gafas de sol. Los pelirrojos no podían ponerse nada de color coral. Era una ley. O, si no lo era, debería serlo.

—Me parece que el caramelo queda bien, ¿tú qué crees?

Por un momento, Hannah creyó que su hermana se refería a la hornada de galletas que ella les había llevado a Bill y a Mike a comisaría. Entonces reparó en que Andrea estiraba un pie para enseñar sus botas de tacón alto que estaban confeccionadas con cuero color caramelo.

—Muy bonitas —dijo Hannah preguntándose cómo podría caminar Andrea con tacones tan altos—. Espero que no vayas a enseñar una granja.

—No, pero ¿por qué lo dices?

—Esos tacones parecen demasiado altos para caminar por el campo, sobre todo si tienes que ir pisando pilas de nieve.

—Los tacones altos van mejor que los zapatos planos. Puedo clavarlos en la nieve y no me resbalo.

La mente de Hannah se retrotrajo a un documental que había visto sobre alpinismo y los pitones que utilizaban como puntos de apoyo para escalar cuestas empinadas. Visualizaba a su hermana en el Himalaya, clavando sus tacones y caminando hasta la cima de la montaña, adelantando a experimentados alpinistas y a sus *sherpas*.

—¿Por qué sonríes así?

Hannah sabía que Andrea no pensaría que su imagen mental era graciosa, así que se inventó algo sobre la marcha.

—Yo ni siquiera podría andar con esos tacones, ya no te digo subir por pilas de nieve.

—Ya sé que no podrías. Nunca te has molestado en practicar. ¿Recuerdas cómo caminaba yo arriba y abajo por la alfombra del salón?

Hannah se acordaba, y el recuerdo la hizo sonreír de nuevo. Andrea había recorrido kilómetros sobre la alfombra verde limón del salón con tacones y cualquier ropa vieja que se hubiera puesto al salir de clase. A veces eran unos vaqueros y tacones altos. En verano, eran pantalones cortos y tacones altos. De vez en cuando, el pijama con taconazos.

—Si hubieras practicado tanto como yo, te sentirías cómoda con tacones altos.

—No, para nada. Tengo un lamentable sentido del equilibrio y ninguna gana de partirme el cuello.

—Bueno, tú misma. —Andrea dio unas palmadas en su bolso bandolera—. Este bolso no lo hizo el mismo fabricante, pero creo que va a juego con mis botas.

—A mí me parece bonito —dijo Hannah. Ella nunca se había molestado en tener calzado y bolsos que fueran a juego, pero tanto su madre como Andrea insistían en que los accesorios que no combinaran bien eran un insulto al buen gusto.

—Bill me ha llamado hace un par de minutos y me ha dicho que a lo mejor se pasaba. Has puesto al tanto a Lisa, ¿no?

—Sí, si es que te refieres a su tía inventada. Y sabe que Candy es una chica que se ha escapado de casa, y que se supone que es la hermana pequeña de mi compañera de piso en la universidad.

—¿Y qué me dices de Candy? ¿Sabe ella quién se supone que es?

—Todavía no. Se me ocurrió que más valía que se lo explicaras tú. Tú eres la que se ha inventado la tapadera.

—Muy bien. ¿Dónde está?

—Delante, ayudando a Lisa. Iré a buscarla y os presentaré. Ten mucho cuidado. Todavía está un poco nerviosa y podría huir si dices algo inoportuno...

Hannah dejó de hablar cuando la puerta batiente entre la cafetería y la cocina se abrió de golpe y Candy irrumpió precipitadamente. No miró a izquierda ni a derecha. Se dirigió en línea recta a la puerta trasera, la abrió de un empujón y salió corriendo.

—¡Ay, no! —exclamó Hannah—. Más vale que vaya a...

Por segunda vez seguida, dejó de hablar a media frase, pero esta vez fue de puro alivio. Norman entraba por la puerta de atrás y traía a Candy agarrada del brazo.

—Tenemos que dejar de encontrarnos de este modo —dijo sonriendo a la chica—. ¿Por qué ibas corriendo así? Creía que Hannah y tú habíais llegado a un acuerdo.

—¡Ha llamado a la policía! —respondió Candy—. Me prometió que no lo haría, pero...

—No, no he llamado a la policía —la interrumpió Hannah.

—Pues uno acaba de entrar por la puerta. Y Lisa debía de saber qué ibas a hacer porque ¡le dijo «hola»!

—¿Bill? —conjeturó Hannah volviéndose hacia Andrea.

—Bill —confirmó Andrea levantándose del taburete—. Más vale que salga antes de que le dé por entrar. —Se volvió hacia Candy—. Encantada de conocerte, Candy. Bill es mi marido y no te molestará. Voy a decirle que eres la hermana de la compañera de piso de Hannah en la facultad.

—¿Puedes repetir lo que has dicho? —preguntó Candy con una expresión perpleja.

—Hannah te lo explicará todo. Pero quiero que sepas que no tienes que preocuparte por nada. De ningún modo vamos a dejar que pases las Navidades en el hogar infantil de acogida del condado.

Galletas blandas de chocolate y menta

Precaliente el horno a 175 °C, con la rejilla en la posición intermedia.

60 g de chocolate para repostería 100 % cacao

115 g de mantequilla a temperatura ambiente

150 g de azúcar moreno

65 g de azúcar blanco

½ cucharadita de bicarbonato sódico

½ cucharadita de sal

1 huevo grande

1 cucharadita de extracto de menta

½ cucharadita de extracto de chocolate

(*si no puede encontrarlo, utilice vainilla*)

190 ml de crema agria

280 g de harina

100 de nueces pacanas picadas gruesas (deben quedar trozos grandes)

Forre unas bandejas para galletas con papel de aluminio y rocíelo con espray antiadherente para cocinar. Deje unas «asas» de papel de aluminio por los lados. *(Es para sacar las galletas y el papel de aluminio de la bandeja cuando estén horneadas.)*

Ponga el chocolate en un recipiente pequeño apto para microondas. *(Yo utilizo una taza dosificadora de 450 g.)* Fúndalo durante 90 segundos a máxima potencia. Remuévalo hasta que quede uniforme y déjelo enfriar mientras prepara la masa para las galletas.

1.ª nota de Hannah: Preparar esta masa resulta mucho más fácil con una batidora eléctrica. Puede hacerlo a mano, pero requerirá cierto trabajo.

Incorpore la mantequilla y los azúcares en el vaso de una batidora eléctrica. Bátalo a velocidad media hasta que quede una consistencia uniforme. Debería llevar menos de un minuto.

Añada el bicarbonato y la sal y vuelva a batir a velocidad media durante otro minuto o hasta que se hayan integrado en la masa.

Añada el huevo y bata a velocidad media hasta que la mezcla quede uniforme *(un minuto más debería bastar)*. Añada los extractos de menta y chocolate, y mezcle durante unos 30 segundos.

Apague la batidora y rebañe con una espátula las paredes del recipiente. Luego añada el chocolate fundido y mézclelo durante otro minuto a velocidad media.

Apague la batidora y vuelva a rebañar el recipiente. A baja velocidad, mezcle la mitad de la harina. Cuando esta se incorpore, agregue la crema agria.

Rebañe el recipiente de nuevo y añada el resto de la harina. Bata hasta que se integre del todo en la masa.

Saque el recipiente de la batidora y, removiendo con una cuchara, incorpore los trozos de nuez pacana. *(Una espátula de goma dura también resulta práctica.)*

Utilice una cucharilla para pasar cucharadas de masa a las bandejas forradas con papel de aluminio; en una de tamaño estándar caben 12. *(Si la masa le ha quedado demasiado pegajosa para trabajar con ella, refrigérela media hora aproximadamente y pruebe de nuevo.)* Hornee las galletas a 175 °C entre 10 y 12 minutos, o hasta que suban y adquieran firmeza.

Pase el papel de aluminio de las bandejas a una rejilla. Deje que las galletas se enfríen en la rejilla mientras se hornea la siguiente bandeja. Cuando la saque del horno, ponga las galletas enfriadas en el mármol o en la mesa y pase el papel de aluminio con las nuevas galletas calientes a la rejilla. Trabaje de esta manera hasta que haya horneado toda la masa.

Cuando todas las galletas estén frías, colóquelas sobre papel encerado para proceder al glaseado.

Glaseado de mantequilla y chocolate

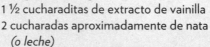

60 g de chocolate para repostería 100 % cacao, fundido
75 g de mantequilla a temperatura ambiente
250 g de azúcar glas
1 ½ cucharaditas de extracto de vainilla
2 cucharadas aproximadamente de nata (*o leche*)

Ponga el chocolate en un recipiente pequeño apto para microondas. (*Yo utilizo una taza dosificadora de 450 g.*) Fúndalo durante 90 segundos a máxima potencia. Remuévalo hasta que quede uniforme y déjelo enfriar.

Cuando el chocolate esté frío, añada la mantequilla. Luego incorpore el azúcar glas. (*No hace falta que lo tamice a no ser que tenga grandes grumos.*)

Mezcle el extracto de vainilla y la nata. Bata el glaseado hasta que adquiera consistencia para extenderlo.

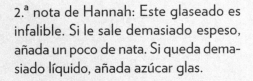

2.ª nota de Hannah: Este glaseado es infalible. Si le sale demasiado espeso, añada un poco de nata. Si queda demasiado líquido, añada azúcar glas.

Glasee las galletas y déjelas sobre el papel encerado hasta que el glaseado se haya endurecido. *(Si usted se parece a mí, afanará una mientras el glaseado esté todavía blando, solo para probarla, claro.)*

Cuando el glaseado se haya endurecido, disponga las galletas en una fuente decorada y disfrútelas. Se conservan bien en un recipiente con tapa si separa las capas sucesivas con papel encerado.

3.ª nota de Hannah: Lisa dice que cuando no tiene tiempo de preparar el glaseado, espolvorea las galletas con azúcar glas mientras aún están calientes. Cuando se enfrían vuelve a espolvorearlas ¡y listos!

Cantidad: unas 6 docenas de galletas.

CAPÍTULO OCHO

Faltaban cuatro días para la Navidad y la cafetería de Hal y Rose estaba decorada para las fiestas. Había un árbol de Navidad de metal platcado en el rincón, iluminado por un foco con una rueda de colores que giraba lentamente. El árbol era rojo durante diez segundos, azul durante otros diez, verde durante otros tantos y amarillo, diez más. Luego se reiniciaba el ciclo completo. Hal le había comprado el árbol al padre de Hannah en la ferretería de Lake Eden en los años setenta y todavía funcionaba perfectamente.

Hannah, Andrea y Norman se sentaron en el reservado del fondo bajo varias sartas de guirnaldas de espumillón multicolores que habían enganchado a lo largo de las lámparas del techo formando un dibujo entrecruzado. Había una pequeña planta de flor de Pascua de imitación en el centro de cada mesa, y al respaldo de los reservados se habían sujetado con cinta adhesiva recortes con imágenes de coronas de flores, muñecos de nieve y trineos.

Salvo por la perpetua partida de póquer que Hal acogía en el salón de banquetes privado de la trastienda, el restaurante estaba vacío. Eran las dos y cuarto de la tarde, demasiado tarde para comer y demasiado temprano para que los alumnos del Instituto Jordan pidieran las hamburguesas y patatas fritas de después de clase. Incluso Rose se había ido. Les había rellenado las tazas, luego había dejado la jarra encima de la mesa y les había dicho que se sirvieran ellos mismos; entonces subió a la planta de arriba, al apartamento que tenían encima del restaurante, para envolver algunos regalos navideños.

—Bien, ¿qué sabemos hasta ahora? —preguntó Andrea soplando en su taza para enfriar el café antes de probar un sorbo.

Hannah sacó su cuaderno de notas y se dispuso a leer sus notas en voz alta. Estaba dándose un respiro del trabajo para que pudieran celebrar una reunión de estrategia. Lisa y Candy se ocupaban de todo; al cabo de una semana en The Cookie Jar, Candy había encajado bien. Todo el mundo parecía creerse la historia tapadera de Andrea, aunque Hannah pensaba que Bill tal vez sospechara algo. Sin embargo, lo estaba dejando pasar. Bill no iba a entregar a Candy al hogar de acogida del condado justo antes de Navidad, sobre todo ahora que la chica se alojaba en el cuarto de invitados del piso de Hannah.

—Debe de rondar los quince años, no tiene permiso de conducir todavía y vive con su madre. Su padre era veterinario y falleció.

Andrea negó con la cabeza.

—Eso no lo sabemos a ciencia cierta.

—¿Que no sabemos qué a ciencia cierta? —preguntó Hannah frunciendo el ceño.

—No sabemos si su padre está muerto.

—¿Y por qué iba a mentir Candy sobre algo como eso? —quiso saber Norman.

—Divorcio. Oí algo al respecto en un programa de la tele. Algunos niños se niegan a admitir que sus padres se han separado. Prefieren decir que uno de ellos ha muerto.

Norman puso expresión de desconcierto.

—Pero ¿por qué?

—Pone fin a todas las discusiones. Si alguien dice «mi padre ha muerto», uno responde «lo siento». Y luego cambia de tema. Si alguien dice «mis padres están divorciados», puede hacérsele preguntas sobre con cuál de ellos vive y con qué frecuencia ve al otro, y cosas así.

Norman asintió.

—Eso tiene cierto sentido, pero aun así sigo creyendo que está muerto.

—Y yo también. —Hannah bajó la mirada a su cuaderno—. Es casi seguro que su nombre real es Candy. Responde al nombre incluso cuando está distraída, y suena natural cuando ella misma lo pronuncia. Y estoy casi convencida de que su apellido empieza por erre.

—¿Te lo dijo ella?

—En cierto modo, aunque no tuviera esa intención. La primera noche, cuando la desperté, le pregunté cómo se llamaba. Dijo «Candy», y entonces empezó a decir algo que empezaba con una erre. Cuando se dio cuenta de lo que hacía, se paró en seco y me dijo que no me hacía falta saber su apellido.

—En ese caso es probable que empiece por erre —concluyó Norman—. ¿Qué más?

—Tiene memoria fotográfica, aunque no estoy segura de si eso es una pista o no. Y cuando me estaba haciendo una demostración, dijo que se acordaba de la matrícula personalizada que su madre le regaló a su padre para su furgoneta. Rezaba «bichos». Y nos dijo el número de teléfono de la clínica de su padre. Era el ocho-uno-cuatro, ocho-cuatro-cuatro-uno.

—¡Eso sí es una pista! —exclamó Andrea, que levantó los pulgares.

—Solo si su padre no ha muerto y la clínica de la que ella hablaba sigue abierta.

—Lo más probable es que siga abierta aunque él haya fallecido —le dijo Norman—. La mayoría de las clínicas no cierran el negocio cuando muere el doctor. Mira la consulta de mi padre. Si yo no hubiera vuelto para llevarla, mi madre se la habría vendido a otro dentista. Y puedes apostar a que no hubiera cambiado el número de teléfono, dado que todos los pacientes ya lo tenían. Ves consultas médicas en venta por todas partes. Lo que compras es el equipo médico y la lista de pacientes de la clínica.

Andrea le dedicó una sonrisa luminosa.

—Norman tiene razón, Hannah. Fíjate en Bertie. Ella no abrió la peluquería Cut 'n Curl a partir de la nada. Compró el equipamiento de la antigua dueña y su lista de clientas. Y sé con seguridad que mantuvo el mismo número de teléfono.

—Es posible que la clínica veterinaria conserve el mismo número, pero por desgracia hay una complicación. —Hannah no se molestó en señalar que comprar una consulta médica no era exactamente lo mismo que adquirir un salón de belleza, y que Andrea estaba sumando peras y manzanas.

—¿Qué complicación? —preguntó Norman.

—Candy no me dio el prefijo.

Andrea descartó esa preocupación con un gesto de la mano.

—Eso tendríamos que poder resolverlo. A ver, ¿cuántos prefijos puede haber?

—Más de doscientos sesenta, y eso sin contar Canadá. Lo miré en la guía telefónica. Tardaríamos horas en marcar todos esos números.

—Yo me encargaré —se ofreció Andrea—. No tardaré tanto porque tengo un marcador de tecla única programable. Lo único que tengo que hacer es marcar el prefijo y mi teléfono se ocupa del resto.

Hannah se limitó a negar con la cabeza.

—Por mí bien, si crees que puedes hacerlo, pero prefiero no pensar qué dirá Bill cuando vea vuestra próxima factura telefónica.

—No dirá nada porque será igual que la de este mes.

—¿Tienes un móvil con minutos ilimitados y sin cargos de *roaming*? —conjeturó Norman.

—Eso es. Empezaré a llamar en cuanto llegue a casa y trabajaré hasta que Bill entre por la puerta. Haré lo que haga falta, Hannah. Y, si no me queda más remedio, esperaré a que se acueste y llamaré toda la noche.

—Es posible que las clínicas no estén abiertas toda la noche —señaló Hannah.

—Ya lo sé. Pero, dado que se trata de clínicas, es muy probable que tengan servicio de contestador. ¿Debería saber algo más sobre la familia de Candy?

Hannah volvió a mirar sus notas.

—Su madre le enseñó a hacer caramelos, pero eso ya lo sabes. Y aquí hay algo más, pero no nos sirve de mucho que se diga. —Hannah señaló una de las notas que había tomado—. Dijo que su abuelo Samuel es un pastor metodista, pero no sé a qué rama de la familia pertenece.

—Hasta ahora el número telefónico es nuestra mejor pista —dijo Norman—. Entraré en internet para ver si puedo rastrear el número de matrícula, pero es muy improbable que dé con nada dado que ni dijo cómo se deletreaba exactamente ni conocemos el estado. Y si su padre ha muerto y su madre vendió la furgoneta o algo por el estilo, la matrícula podría haber vuelto a la circulación.

—Tengo una teoría acerca de su estado de procedencia —les dijo Hannah—. Creo que no es Minnesota. Anoche estuvimos viendo las noticias y no se puso nerviosa.

Norman asintió.

—Y se habría inquietado si temiera que su madre había denunciado su desaparición. Y que fueran a mostrar su foto por televisión, ¿no?

—Justamente. Y no solo eso; en la tele citaron un fragmento del último discurso del gobernador y Candy me preguntó quién era.

—En ese caso no es de Minnesota. ¿De dónde te parece que es? —preguntó Andrea.

—De algún lugar del Medio Oeste, seguramente a no más de uno o dos días de Lake Eden en autocar o haciendo dedo. Podría equivocarme, pero la noche que la encontramos me fijé en que llevaba la ropa todavía limpia y el saco de dormir parecía casi nuevo.

—Sí, parece lógico —les dijo Andrea, que acabó su café y salió del reservado—. Creo que tu idea acerca del Medio Oeste no va desencaminada, sobre todo dado que no tiene acento. Empezaré por Dakota del Norte y del Sur y luego seguiré con los demás estados en círculos. ¿Dónde estarás si la encuentro, Hannah?

—Estaré en la tienda hasta las seis. Cerramos a las cinco, pero quiero preparar una hornada doble de galletas con relleno de coco para llevar a la fiesta de Navidad de Sally el viernes por la noche. Tú vas a asistir, ¿no, Norman?

—Sí. ¿Me reservarás un baile?

—Por descontado —dijo Hannah esperando que su sonrisa no desapareciera. Norman era una buena persona, pero no tenía nada de lo que nadie sin botas de punta de acero consideraría necesario para ser un consumado bailarín.

—¿Y qué me dices de Candy? ¿Va a ir? —preguntó Andrea.

—Claro. Le dije que era una de las fiestas más importantes del año y está muy emocionada.

—¿Tiene vestido?

—Todavía no, pero hablé con Claire y mañana la llevaré a Beau Monde.

—No te olvides del calzado. No puede llevar zapatillas deportivas con un elegante vestido de gala.

—No me olvidaré. —Hannah agradeció el recordatorio, pero no quería que su hermana supiera que el calzado ni se le había pasado por la cabeza.

—Bueno, así que llegarás a casa a... ¿qué hora? ¿Las seis y media?

—Supongo que por ahí andará.

—Muy bien. —Andrea se dio la vuelta para marcharse, pero entonces regresó—. ¿Qué quieres que diga cuando encuentre a la madre de Candy?

Hannah se lo pensó un momento y se acordó de lo que había dicho Mike. Algunos fugados tenían buenas razones para irse de casa.

—Si la madre no vive demasiado lejos, intenta convencerla para que se pase por aquí. Dile que si llevo a Candy de vuelta sin haber resuelto nada, la chica volverá a escaparse de nuevo. Y la próxima vez podría meterse en problemas más graves.

—Muy bien, pero ¿y si no quiere venir hasta aquí?

—En ese caso iré yo a su casa, dondequiera que esté. —Hannah sintió la misma oleada de abrumador espíritu protector que le producían los gatitos y los cachorrillos—. Tú déjale bien claro que no voy a perder de vista a Candy hasta que sepa con certeza que va a estar bien.

Galletas con relleno de coco

No precaliente el horno todavía; la masa debe enfriarse antes de llevarla al horno.

170 g de pepitas de chocolate
225 g de mantequilla
100 g de azúcar moreno
300 g de azúcar blanco
2 cucharaditas de extracto de vainilla
½ cucharadita de sal
1 cucharadita de bicarbonato sódico

2 huevos batidos (basta batirlos con un
    tenedor)
500 g de harina

Ponga las pepitas de chocolate y la mantequilla en un recipiente de 1 litro y métalo en el microondas al máximo durante 2 minutos. Remuévalo hasta que la mezcla tenga una textura uniforme y deje que se enfríe mientras realiza el siguiente paso.

Ponga el azúcar moreno y el blanco en un cuenco grande. Añada la vainilla, la sal y el bicarbonato. Incorpore los dos huevos batidos.

Cuando la mezcla de pepitas de chocolate y mantequilla esté fría al tacto, añádala a la mezcla de azúcar y remueva bien.

Agregue la harina en tandas de unos 70 g, removiendo bien cada vez.

Cubra el recipiente y refrigérelo. Esta masa debe enfriarse durante al menos una hora. *(También puede dejarse enfriando toda la noche.)*

Estas galletas llevan un relleno de coco que también debe refrigerarse, por lo que hay que ponerse manos a la obra.

Relleno de coco

180 g de coco rallado
200 g de azúcar blanco
140 g de harina
55 g de mantequilla fría
2 huevos

En un robot de cocina con cuchilla de acero bata bien el coco con el azúcar y la harina. Pulse el botón varias veces para que las virutas de coco no midan más de 6 mm.

Corte la mantequilla en cuatro trozos y añádalos a su recipiente de trabajo. Vuelva a batir hasta obtener una textura arenosa.

Rompa los huevos en un pequeño cuenco o en una taza y bátalos con un tenedor. Añádalos a su recipiente de trabajo y bata hasta que queden integrados en la mezcla.

(Si no tiene un robot de cocina, no hace falta que se lo compre para elaborar esta galleta, solo es un poco más difícil cuando las tiras de coco son largas. Para hacer

esta receta sin un robot de cocina, simplemente añada todos los ingredientes salvo la mantequilla a un pequeño cuenco y remueva. Luego derrita la mantequilla e incorpórela.)

Cubra y deje enfriar la mezcla de coco durante al menos una hora. *(También puede dejarla la noche entera.)*

Cuando vaya a hornear, precaliente el horno a 175 °C, con la rejilla en la posición intermedia.

Forme bolas de masa de chocolate con las manos, de unos 2,5 cm de diámetro. Colóquelas en bandejas para galletas engrasadas (en una de tamaño estándar caben 12). Aplástelas con la palma de la mano impecablemente limpia.

Forme bolas de coco un poco más pequeñas que las de chocolate que acaba de preparar. Colóquelas encima de cada bola aplastada de chocolate. Seguidamente, cháfelas.

Prepare 12 bolas de chocolate más, del mismo tamaño que las primeras, y colóquelas sobre las bolas chafadas de coco. Presiónelas ligeramente para hacer pequeños «sándwiches».

Hornee a 175 °C entre 9 y 11 minutos. Deje que las galletas se enfríen en la bandeja durante al menos 2 minutos. Cuando estén lo bastante frías para sacarlas, utilice una espátula para pasarlas a una rejilla y que terminen de enfriarse.

Cantidad: de 5 a 6 docenas de deliciosas galletas.

Si le sobra algo de la mezcla de coco, forme bolas con ella (le cabrán 12 en una bandeja de galletas), ponga una pepita de chocolate con leche encima de cada bola, presiónela levemente y hornee a 175 °C durante 10 minutos.

Norman quiere que ponga más azúcar y mantequilla a estas galletas... Dice que proporcionará más ingresos a su clínica dental. *(Bromea... me parece.)*

CAPÍTULO NUEVE

Hannah cogió el teléfono cuando sonó a las siete de la mañana. Se había pasado toda la noche con el alma en vilo, preguntándose si Andrea tendría éxito en su búsqueda telefónica de la madre de Candy.

—The Cookie Jar. Soy Hannah —dijo, esperando que fuera su hermana y no otro cliente con un gran pedido de galletas para un *catering* que difícilmente podrían servir antes de Navidades.

—Está ahí, ¿no?

Era Andrea y no hacía falta telepatía entre hermanas para saber que se refería a Candy.

—Sí.

—Quedemos en el reservado del fondo de Hal and Rose's dentro de un cuarto de hora. Di que tienes que entregar unas galletas o algo por el estilo, ¡tengo noticias!

Hannah frunció el ceño cuando se cortó la línea. Andrea era propensa al melodrama, pero si había conseguido dar con la madre de Candy, Hannah sería la primera en aplaudir su actuación.

—¿Pasa algo malo? —preguntó Lisa al fijarse en el ceño de Hannah.

—Otro pedido urgente de galletas. Tengo que salir corriendo con tres docenas, pero estaré de vuelta antes de que abramos. ¿Me las pones en una bolsa, Candy?

—Claro. —Candy cogió una de las bolsas con la marca, la abrió de golpe y se puso un guante para manipulación de alimentos—. ¿De qué clase quieres?

—De cualquiera que nos sobre. Habrás oído ese viejo dicho: «A buen hambre no hay pan duro...».

—¡Me encantan estas galletas! ¿Cómo has dicho que se llaman? —Andrea rebuscó en la bolsa para encontrar alguna igual a las tres que acababa de zamparse.

—Galletas con relleno de coco. ¿Vas a contarme algo o no?

—A eso voy. — Andrea miró a su alrededor, pero nadie les prestaba la menor atención. Los parroquianos estaban en la barra, bebiéndose taza tras taza del fuerte café de Rose, y se oían débiles sonidos de alguien que barría mientras Hal preparaba la sala de banquetes para la partida de póquer de la jornada. Solo estaba ocupado otro de los reservados y no quedaba al alcance de su oído. Cyril Murphy y el padre Coultas comían huevos fritos y raciones dobles de panceta como desayuno, algo que ni la esposa de Cyril ni el ama de llaves del padre les permitirían comer porque se suponía que debían de andarse con cuidado con el colesterol.

—¿Así que has encontrado la clínica veterinaria? —le soltó Hannah para darle pie.

—Claro que la encontré. Está en Des Moines, en Iowa. Dejé mi número en el contestador, pero el veterinario no me devolvió la llamada hasta anoche, a las ocho.

—¿Y te dio el teléfono de la casa de Candy?

—No, no lo tenía. Pero sí me dijo el nombre del último veterinario. El padre de Candy se llamaba doctor Allen Roberts. Murió el año pasado, así que Candy no mintió en eso.

—Yo no creía que mintiera.—Hannah negó con la cabeza cuando Rose alzó la jarra con café. Su taza estaba casi vacía, pero ahora que Andrea había empezado a hablarle por fin de las llamadas telefónicas, no quería que nada la interrumpiera—. Entonces el apellido de Candy empieza de verdad por erre.

—Así es. Llamé a información para pedir el número telefónico de su casa, pero no aparecía ningún Allen Roberts en la lista. Supuse que la madre de Candy debió de ponerlo a su nombre tras la muerte de su marido, así que pedí una lista de todos los Roberts de Des Moines.

—¿Eran muchos?

—¡Ya te digo! Nunca imaginé que Roberts fuera un apellido tan común, pero la operadora me dio docenas de números. Empecé a llamar inmediatamente, pero tuve que parar cuando Bill llegó a casa.

—Pero ¿te las apañaste para encontrar a la madre de Candy? —preguntó Hannah, yendo al grano.

—Justo antes de llamarte esta mañana. Se echó a llorar al teléfono, Hannah. Había estado preocupadísima por Candy y no veas cómo se alegró cuando se enteró de que la chica estaba bien.

Hannah ni se imaginaba la tensión que habría soportado la madre de Candy.

—¿Le pediste que viniera para que le ayudemos a aclarar las cosas con Candy?

—Sí, y ella aceptó. La puse en espera y llamé a Sally al hotel para preguntarle si le quedaban habitaciones libres. Cuando Sally me dijo que sí, Deana me contó que iba a echar algunas cosas en la maleta y que se ponían en camino inmediatamente.

—¿Quiénes se ponían en camino? —Hannah se fijó en el plural.

—Los tres. Deana es la madre de Candy, eso ya te lo he dicho. Y luego está el nuevo marido de Deana, Larry. Y su hija, Allison.

Hannah adoptó una expresión pensativa.

—¿Cuándo se casó de nuevo la madre de Candy?

—El día antes de que se fugara Candy. Ya sé qué estás pensando, Hannah. Y yo también estoy bastante segura de que todo está bastante relacionado.

Hannah suspiró y se compadeció de la adolescente cuya vida había cambiado tan drásticamente durante el año anterior.

—Una muerte en la familia, un nuevo padrastro, una nueva hermanastra... Eso altera a cualquiera. ¿Candy dejó alguna nota?

—Sí, y Deana la trae consigo. Dice que se echa a llorar cada vez que la lee.

> *Mamá:*
>
> *Te quiero mucho y solo quiero que seas feliz. Sé que amas a Larry y él te hace reír como hacía papá. Me alegro mucho de que te hayas casado con él. Él se ha esforzado por evitar ocupar el lugar de papá y sé que no le importa que le llame Larry en lugar de papá. Si solo se tratara de Larry y de ti, creo que estaríamos bien. Pero no es así.*
>
> *No puedo competir con Allison. Larry dice que es perfecta y ha ganado todos esos premios. Me dijo que es preciosa, y que canta mejor que todos los que salen por la tele, y siempre aparece en el cuadro de honor de los mejores alumnos. Es completamente distinta a mí. Y Larry va a compararme con ella aunque no quiera.*
>
> *No va a salir bien, mamá. Nunca seré capaz de cantar ni de tocar la flauta ni de salir siempre en el cuadro de honor. Por eso tengo que irme. Allison va a odiarme porque no soy como ella. Y entonces nos pelearemos y tú me defenderás. Eso provocará problemas entre Larry y tú, y no quiero que te veas obligada a elegir entre nosotros.*

No te preocupes por mí. Encontraré un empleo y estaré bien. Parezco mayor de lo que soy y no me da miedo trabajar mucho. Cuando Allison se gradúe y se vaya a la universidad, volveré a hacerte una visita. Y de vez en cuando te escribiré para que sepas que estoy bien.

Por favor, no intentes buscarme, mamá. Lo echaría todo por tierra.

Te quiere,
Candy

Hannah levantó la mirada y se encontró a tres personas mirándola fijamente por encima de la mesita de centro de lo que Sally había llamado la *suite* Girasol, a causa del estampado del papel pintado del salón. Los tres pares de ojos preocupados pertenecían a Deana, Larry y Allison.

—Ha sido culpa mía —dijo Larry frunciendo el ceño. Era un hombre atractivo, con gafas y una pequeña y pulcra barba—. Quería que le cayera bien Allison y supongo que me excedí cuando la describí.

La mujer que parecía una versión mayor de Candy negó con la cabeza.

—La culpa es más mía que tuya. Tendría que haberme dado cuenta de que a Candy la afectaría tener que compartir su vida con otra adolescente de su edad. Eso supone un reajuste radical. Desde que era niña, siempre ha tenido toda mi atención.

Hannah miró a Allison, que permanecía sentada con la mirada baja. Era guapa, un poco regordeta, pero iba bien vestida con ropa informal de diseñador. No era la chica preciosa sobre la que Candy había escrito en su nota, y Hannah se apostaría hasta su casa a que tampoco era una gran cantante ni un genio académico.

—¿Qué piensas de todo esto, Allison?

—Me gustaría que no se hubiera escapado —dijo Allison, y Hannah reconoció el dolor en su voz—. Papá siempre me hace parecer mejor de lo que soy. Lo hace porque me quiere y no ve mis defectos. Pero yo soy una persona real, y Candy lo habría visto si se hubiera quedado el tiempo suficiente para conocerme. Habríamos sido amigas si me hubiera dado una oportunidad.

Eso era lo que Hannah esperaba escuchar y se puso en pie de un salto.

—Pues yo voy a dártela.

—¿Y cómo va a hacerlo?

—Vas a encontrarte con Candy en un lugar neutral y comprobaréis si podéis llevaros bien.

—Eso no funcionará. —Allison negó con la cabeza—. Ella ya ha decidido que no quiere saber nada de mí.

Hannah sonreía a medida que su plan iba cristalizando. La idea había empezado a cobrar forma cuando Allison había dicho que las dos chicas nunca se habían visto.

—Candy no sabrá quién eres. No os conocéis, ¿verdad?

—Así es. Ella se fugó justo el día antes de que yo llegara a Des Moines.

—¿Ha visto alguna vez una foto tuya?

—Creo que no. Y, si la ha visto, es muy antigua. No me gustaban mis fotos de la escuela de este año, y las del año pasado fueron todavía peores. Cuando me las dieron, las rompí y no se las enseñé a nadie, ni a papá.

—Perfecto. —Hannah se volvió a Larry—. ¿Podéis quedaros hasta el sábado por la mañana?

—Claro que podemos. Nos quedaremos tanto como sea necesario para convencer a Candy de que vuelva a Des Moines con nosotros.

—Quiero ver a mi hija —dijo Deana, y Hannah se dio cuenta de que la mujer estaba al borde de las lágrimas.

—Lo sé, pero la cosa no saldrá bien si la abordas por sorpresa. Podría salir corriendo y entonces ninguno de nosotros volverá a encontrarla de nuevo. Se me ha ocurrido un plan, pero tendréis que ser un poco pacientes mientras dispongo algunas cosas.

—¿Cuánto tiempo tendré que ser paciente?

—Veinticuatro horas. Mañana por la noche es la gran fiesta navideña de Sally. Celebra una todos los años. Todos los que están alojados en el hotel están invitados, y también muchos vecinos de Lake Eden. Voy a llevar a Candy. —Hannah se inclinó hacia delante y bajó la voz—. Bien, esto es lo que creo que debemos hacer...

A Candy le gustaba comprar y no podía dejar de sonreír. Habían salido por la puerta delantera de The Cookie Jar para entrar en el edificio contiguo. Los maniquíes del escaparate lucían vestidos de gala, y Hannah había dicho que iban a comprar algo para que ella lo llevara en la fiesta del día siguiente por la noche.

«¡A mamá le habría encantado esta tienda!», pensó Candy mirando a su alrededor: la gruesa alfombra, la iluminación tenue y los armarios llenos de ropa. No había anaqueles apretados ni atestados de ropa que se saliera de las perchas. Todo estaba en su propio armario, y cada armario estaba identificado con un pequeño número dorado que te decía la talla. Y en lugar de tener que ir armario por armario, le decías a la dueña lo que necesitabas y le pedías que te ayudara a escogerlo.

En el centro de la sala había unas sillas agrupadas para charlar, y Candy supuso que serían para los maridos o amigos que querían esperar mientras te probabas algo y luego salías para exhibirlo como una modelo. Candy se sentó en una silla de satén rosa mientras que Hannah se acomodó en una silla verde clara.

La dueña estaba ante uno de los armarios, haciendo una selección y, mientras Candy miraba, eligió un vestido y se lo llevó.

—Esto debería quedarte bien, Candy. —La dueña sostenía el vestido más bonito que Candy había visto en su vida—. Me parece que el vino es tu color. Necesitas un tono intenso y matizado que vaya bien con tu piel y tu pelo, ¿no te parece?

—Oh, sí —dijo Candy respirando hondo. Una mirada al vestido y se había enamorado de él. Habría afirmado que la tierra es plana siempre que le dieran la oportunidad de probárselo.

—¿Necesitas ayuda? —le preguntó Hannah.

—No, gracias, me apaño sola. —Candy extendió los brazos hacia el vestido e intentó no dar saltitos de alegría mientras volvía a los probadores. Era tan ligero como una pluma y centelleaba en sus manos.

No tardó más de un segundo en quitarse los vaqueros y el suéter. Y entonces, con cuidado, con sumo cuidado, Candy bajó la cremallera del vestido y se lo puso por la cabeza. Al acomodarse en su sitio, le pareció que oía compases de una hermosa música. Se subió la cremallera, se dio la vuelta de puntillas y se le escapó una risita de placer al ver su reflejo en el espejo. Estaba espléndida, ni parecía ella misma. Y además la hacía mayor, al menos diecisiete, y es posible que hasta los veinte años que le había dicho a Hannah y a Norman que tenía. Era Cenicienta, ¡e iba al baile!

—Enséñanoslo, Candy —la llamó Hannah, y Candy se apresuró a salir del probador para enseñárselo.

—Te queda estupendamente —dijo la dueña de la tienda, pero Candy estaba preocupada por Hannah. Su nueva amiga iba a comprarle ese vestido, pero no tenía ninguna etiqueta con el precio. Candy había oído hablar de los sustos que se llevaba la gente al ver los precios de los coches nuevos. ¿Sería este vestido tan caro que tenían que ocultar el precio?

—Tienes muy buen ojo, Claire —halagó Hannah a la dueña. Y luego se volvió hacia Candy—. Te queda maravillosamente bien, y creo que deberíamos comprarlo para la fiesta de mañana. ¿Tú que piensas?

—Es precioso —dijo Candy suspirando profundamente—. Pero... ¿no es demasiado caro?

—No.

La dueña y Hannah respondieron a la vez, y entonces ambas se echaron a reír. Hasta Candy tuvo que sonreír.

—Claire me hace descuento porque soy su vecina de tienda —explicó Hannah.

—Es de justicia —dijo la dueña—. Hannah me trae galletas gratis cada vez que hornea mis preferidas.

Candy se rio encantada de lo feliz que se sentía. Iba a conseguir el vestido de sus sueños, que la hacía parecer una princesa. Lo único que podría hacer que ese momento fuera aún más maravilloso sería que su madre pudiera verla ahora.

CAPÍTULO DIEZ

Candy acababa de rellenar la jarra de café y se disponía a hacer la ronda por las mesas cuando entró una dama muy guapa y visiblemente embarazada.

—¿Puedo ayudarla? —preguntó Candy, del modo exacto que le habían enseñado Lisa y Hannah.

—Más quisiera yo. Tengo que ver a Hannah. ¿Está en la cocina?

—Sí, ahí está. Pero...

—Hola, Sally. —Apareció Lisa y le quitó la jarra a Candy de las manos—. Yo me encargo del café. Tú ve a ver si puedes encontrar algunos guiños de cereza. Nos estamos quedando sin. Y acompaña a Sally a la cocina para que hable con Hannah.

—Soy Sally, y administro el Hotel Lake Eden —dijo Sally cuando Candy la llevó a la cocina.

—Y yo soy Candy. Estoy ayudando a Hannah y a Lisa durante las vacaciones. ¿Es usted la que da la gran fiesta esta noche?

—Sí, soy yo. O tal vez debería decir que era yo. —Sally emitió un pequeño suspiro cuando Candy abrió la puerta de la cocina y la mantuvo abierta para que pasara.

Hannah levantó la mirada de la fuente de barritas de limón que estaba cortando y saludó a Sally con la cabeza.

—¿Qué haces aquí? Pensaba que estarías preparando la decoración de la fiesta.

—Lo haría si tuviera ayuda. Pero no la tengo.

—No entiendo. Dijiste que ibas a contratar a tres chicas del instituto.

—Y lo hice, pero las tres han llamado para anular el compromiso esta mañana. Una, enferma; otra, castigada porque anoche llegó tarde de su cita con su novio; y la tercera se resbaló en el hielo y se rompió el pulgar. He podido encontrar a una chica que ha dicho que me ayudaría, pero no puede ella sola.

Hannah miró a Candy.

—¿Quieres ayudar a la señora Laughlin y a esa chica a preparar la decoración para la fiesta?

—Claro, si tú puedes prescindir de mí. Pero no sé si se me dará bien eso de decorar.

—Si sabes echar espumillón a un árbol y hacer que se quede sujeto, ya me sirves —le dijo Sally.

—En ese caso, adelante. —Hannah agarró la parka de Candy y se la lanzó—. Te recogeré en el vestíbulo a las cinco y media, así podremos volver al piso y vestirnos. ¿Te parece?

Candy asintió.

—Por mí, bien.

—Gracias, Hannah —dijo Sally y se volvió hacia Candy—. Y gracias también a ti, Candy. Tengo el coche aparcado delante y el tiempo corre. Anda, vamos.

—¿Candy? Te presento a Sonny. —Sonny se volvió hacia la chica que las esperaba en el vestíbulo cuando llegaron al hotel—. Sonny, esta es Candy.

—Hola, Sonny —dijo Candy con una sonrisa vacilante. Estaba un poco regordeta y llevaba como atuendo un pantalón y un suéter de punto que eran demasiado elegantes para trabajar colocando adornos, pero parecía bastante amistosa.

—Me alegro de conocerte —dijo Sonny devolviéndole la sonrisa.

—Sonny tiene las fotografías —le dijo Sally—. Mi marido contrató a un fotógrafo para que hiciera fotos de la decoración del año pasado. Este año queremos lo mismo, salvo que hemos decidido utilizar luces multicolores en los árboles, en lugar de blancas. Y queremos bolas doradas en lugar de plateadas.

—Entendido —dijo Sonny, y Candy se alegró. Dado que ella no había visto las fotografías, no sabía de qué estaba hablando Sally.

—Venid conmigo y os pondré al tanto —dijo Sally, y las dos chicas la siguieron al comedor. Al entrar, encendió las luces y les señaló las cajas que se amontonaban contra la pared del fondo—. Todo lo que necesitáis debería estar en esas cajas. Los ayudantes de camarero colocaron las mesas esta mañana, y lo único que tenéis que hacer es poner los manteles y los centros de mesa. Lo que me recuerda... en los centros de mesa, quitad los lazos plateados y sustituidlos por los dorados.

—¿Y usted dónde estará si tenemos alguna pregunta? —inquirió Sonny.

—En la cocina. Solo tenéis que salir por la puerta por la que hemos entrado y girar a la derecha. Está al final del pasillo, detrás de las puertas batientes.

—Gracias, señora Laughlin —dijo Candy, esperando estar a la altura del trabajo.

—Llámame Sally. Hay una nevera con refrescos en el rincón y encargaré a uno de mis empleados que os traiga algo de picar dentro de una hora para mantener vuestra energía.

Una vez se hubo ido Sally, Candy miró alrededor de las mesas vacías que salpicaban el espacio y a la docena de árboles de Navidad de un metro ochenta de alto que estaban en sus estrados, esperando la ornamentación.

—Es un montón de trabajo —dijo con un gruñido.

—Tranquila, no será tan terrible —le dijo Sonny—. Tenemos cinco horas.

—Y nos va a hacer falta cada segundo de esas horas. ¿Tienes esas fotos para ver cómo se supone que debe quedar?

—Aquí están. —Sonny echó una carpeta encima de la mesa. Entonces se sentó en una de las sillas y le hizo un gesto a Candy para que se sentara en la otra—. Despleguemos las fotos y dejémoslas aquí como referencia. Así no cometeremos ningún error.

—Buena idea. —Candy estaba impresionada.

—Gracias. Yo no soy solo una cara bonita.

Candy se echó a reír y luego deseó no haberlo hecho. ¿Y si había herido los sentimientos de Sonny? Pero no lo había hecho, porque Sonny se reía también.

—¿Te parece que trabajemos juntas o mejor empezamos por rincones opuestos y nos encontramos en el medio?

—Deberíamos trabajar juntas. De ese modo toda la decoración parecerá igual. Además, será más divertido. ¿Por dónde empezamos, las mesas o los árboles?

Candy se lo pensó un momento.

—Tendríamos que hacer primero los árboles. De ese modo podemos utilizar las mesas para sostener las cajas con las bolas y las luces. Seguramente estarán cubiertas de polvo, sobre todo si han estado almacenadas todo el año.

—¡Buena idea! Tú tampoco eres otra cara bonita. Aunque lo seas.

—Que sea ¿qué?

—Bonita. Mataría por un pelo como el tuyo. El mío es liso como una tabla.

—Pues yo mataría por unos ojos como los tuyos. Qué pestañas tan largas. —Candy se calló y se le escapó una risita—. ¿Cómo era el refrán... «gusta lo ajeno, más por ajeno que por bueno»?

Sonny se levantó con una sonrisa.

—Creo que sí. O eso o algo sobre que la suerte de la fea la guapa la desea. Echemos un vistazo a esas cajas y veamos si encontramos las luces.

—¿Cómo se llevan? —preguntó Hannah estirando el cable del teléfono de manera que pudiera sacar del horno otra bandeja de galletas crujientes de avena y pasas.

—Como si fueran tal para cual. Cada vez que me asomo, se están riendo de algo.

—Eso es genial. Pero ¿sacan el trabajo adelante?

—Y rápido. Solo les falta acabar un árbol y luego se pondrán con las mesas. Si acaban temprano, tendrán incluso más tiempo para hablar.

—Te estás ensuciando la ropa —dijo Candy al fijarse en las manchas en los pantalones de Sonny cuando colocó otra caja sobre la mesa—. Tendrías que haberte puesto unos tejanos.

—No me dejan.

—¿Qué?

—Bueno, supongo que ahora sí me dejarán, pero no tengo. No me dejaban llevarlos en el internado.

—¿Y qué vestías? —preguntó Candy, absolutamente desconcertada. Sospechaba que ella se moriría si no pudiera ponerse tejanos.

—Llevábamos uniforme durante las horas de clase, y pantalones de vestir o falda después de clase o los fines de semana. Y en la cama, pijama, claro.

Candy negó con la cabeza.

—¿Creían que los tejanos os corromperían?

—Tal vez. Se suponía que debíamos comportarnos como damas a todas horas. Era una de las reglas. Había un montón de reglas.

Candy volvió a negar con la cabeza mientras subía a la escalera y colocaba el último ángel en la copa del último árbol.

—Me alegro de no haber ido nunca a un internado —dijo una vez hubo vuelto al suelo—. Me parece que habría acabado conmigo.

—Cuando llegué allí también pensé que iba a acabar conmigo. Pero no fue así y aprendí muchas cosas.

—¿Como qué?

—Como que deberías llevar esa caja de adornos boca arriba porque ya la había abierto.

CAPÍTULO ONCE

L a fiesta había empezado y su decoración tenía un aspecto estupendo. Candy estaba en la mesa de los postres; se sentía bella con su vestido nuevo mientras contemplaba cómo desaparecían sus cuadraditos de chocolate triple. Sally había dispuesto una fuente redonda plateada con un pedestal, que parecía tan bonita como buenas estaban las galletas. La capa inferior era chocolate amargo oscuro; la intermedia, chocolate blanco mezclado con nueces picadas, y la superior, chocolate con leche. Cuando Norman lo había visto, había hecho una fotografía y le había prometido que le daría una copia. Y cuando ella se lo había contado a Sonny, justo después de que acabaran la decoración, Sonny le había pedido que le guardara un trozo.

Al sentir una palmada en el hombro, Candy se dio la vuelta y descubrió a Sonny allí. Llevaba un suéter celeste perlado y una falda, y sonreía.

—¿Me has guardado un poco? —preguntó.

—Nunca incumplo una promesa. —Candy dio una palmada al pequeño bolso dorado que llevaba—. Cogí dos trozos antes de que se los llevaran y los guardé aquí.

—No creo que dos trozos nos lleguen. No es una degustación como es debido. Debería probar uno ahora mismo, solo para ser justa. Y a propósito, llevas un vestido fantástico. Pareces una princesa.

—Gracias. Tú también estás espléndida —dijo Candy, y lo dijo sinceramente. El azul claro le sentaba bien a Sonny, y su pelo mejoraba con un pequeño rizo en las puntas.

—Muy bien. Vamos a ver.

Candy observó mientras Sonny cogía un trozo de un dulce de chocolate y lo probaba. Si la expresión de su cara servía de pista, le encantó.

—¿Ha pasado la prueba de degustación? —preguntó.

—¿Qué prueba? Me ha enamorado. —Sonny cogió otro trozo—. Nunca había saboreado un dulce de chocolate tan bueno.

—Es muy fácil de hacer. Podría enseñarte a prepararlo.

—A mí no. Soy malísima en la cocina. La única vez que intenté cocinar para mi padre, los vecinos llamaron a los bomberos.

—Ni siquiera sabía que Lake Eden tuviera bomberos.

—Oh, no fue aquí. Solo estamos de visita en Lake Eden. ¿Y tú? ¿Vives aquí?

—Yo estoy como tú, de visita. —Candy recordó la tapadera que se había inventado Andrea—. Mi novio me dejó por mi mejor amiga y necesitaba un cambio de escenario.

—¡Lo que también necesitas es un cambio de novio!

—En eso tienes razón —dijo Candy con una risita. La fiesta era mucho más divertida ahora que había venido Sonny—. Vayamos a por una cocacola y a sentarnos a la mesa al lado del último árbol de Navidad que decoramos.

—Me parece bien. Yo iré a por las bebidas. Tú vigila la mesa.

Candy se dirigió a la mesa y la pilló antes de que nadie pudiera reclamarla. Cuando Sonny llegó con dos cocacolas y las abrieron, preguntó:

—¿Y qué me dices de ti? ¿Tienes novio?

—Todavía no, pero creo en los milagros.

Candy se rio tan fuerte que se le saltaron las lágrimas.

—Es una pena que no vayamos al mismo instituto. Hay un chico en mi clase de ciencias que sería perfecto para ti.

—Eso no me servirá de mucho, a no ser que vaya al Hamilton en Des Moines.

—¡Ese es mi instituto! —dijo Candy boquiabierta, olvidándose por entero de la tapadera—. Pero yo nunca te he visto allí.

—Es porque todavía no he ido. No empiezo hasta enero.

—¿Tu familia acaba de mudarse a Des Moines?

—No exactamente. Mi padre ha vivido allí desde siempre, pero después de que mi madre muriera, me metió en ese internado del que te he hablado. Él no sabía cómo cuidarme, imagínate. Quiero decir... yo era muy pequeña cuando pasó.

—¡Eso es terrible! Pero ahora que ya eres mayor y puedes cuidar de ti misma, ¿vas a volver a vivir con él?

—Más o menos.

Candy se inclinó hacia delante. Sabía que la historia estaba incompleta.

—¿Qué quiere decir «más o menos»?

—Mi padre se casó otra vez, así que me hizo volver.

Candy sintió que se le formaba un nudo en la garganta. La historia de Sonny se parecía de una forma escalofriante a la suya. Las dos se enfrentaban a la muerte de un progenitor y el progenitor superviviente se había vuelto a casar.

—¿Qué ocurre? Se te ha cambiado la cara.

—Es que nos encontramos casi en la misma situación, salvo que a la inversa. Mi padre es el que murió y mi madre acaba de casarse de nuevo. Pero mi situación es un poco distinta, porque mi madre se ha casado con un hombre que tiene una hija.

—Así que de repente te has encontrado con una hermanastra.

—Eso es.

—¿Y qué piensas de ella? ¿Es espantosa?

Candy volvió a tragar saliva con fuerza. Quería alguien a quien confiarse y Sonny era una chica muy agradable.

—Larry, mi padrastro, dice que es perfecta. Es muy bella, y canta como una profesional, y aparece en los cuadros de honor, y...

—Pero ¿qué piensas tú de ella? —la interrumpió Sonny.

—Yo... —Candy se calló y parpadeó para que no le cayeran las lágrimas—. No lo sé. Me fugué el día antes de que llegara.

—¿Sin llegar siquiera a conocerla?

Candy sintió ganas de venirse abajo y sollozar, pero optó por mirar al ángel que había sobre el árbol.

—Sí. Somos muy distintas. Ella me habría odiado.

—¿Estás segura?

—Lo estoy. No es como tú ni como yo.

Sonny se inclinó hacia delante.

—Si yo pudiera blandir una varita mágica y convertirme en tu nueva hermanastra, ¿te parecería bien?

—Sería genial. Pero ni tú tienes una varita mágica ni esto es un cuento de hadas.

—Lo sé, pero, en cualquier caso, sí soy tu hermanastra.

Candy se quedó boquiabierta.

—Pero ¡no puedes serlo! ¡Se llama Allison!

—Justamente. Y uno de los diminutivos de Allison es Sonny.

Por un instante, Candy quedó tan conmocionada que fue incapaz de hacer nada más que permanecer sentada, petrificada. Y luego ocultó la cara entre las manos y se echó a llorar.

—La he pifiado, ¿verdad?

—Podrías decirlo así. Yo no lo diría porque soy una buena persona, pero tú sí puedes.

Las lágrimas de Candy se convirtieron en risas y se enjugó la cara con una servilleta.

—¿Está aquí mi madre? ¡La he echado tanto de menos!

—Está aquí, y mi padre también. Esperan en el vestíbulo. ¿Quieres verlos ahora?

Candy asintió.

—Y tú también vienes, ¿no?

—Claro, si tú quieres.

—Quiero que vengas. —Candy respiró hondo y recuperó cierta compostura. Luego dijo—: Bien podríamos presentar un frente unido desde ya. Así será más fácil para nosotras que no nos caiga una buena.

—Parece que todo ha salido bien —dijo Norman, mientras veía cómo Allison y Candy enlazaban los brazos y atravesaban el salón.

—Claro —dijo Hannah, emitiendo un gran suspiro de alivio.

—¿Dónde van ahora?

—Al vestíbulo, donde las esperan la madre de Candy y el padre de Allison.

Norman estiró el brazo para cogerle la mano.

—Menos mal que la has acogido bajo tus alas, Hannah.

—Lo he hecho con gusto. La chica es un encanto y sus recetas son increíbles. ¿Has probado ese dulce de chocolate?

Norman asintió.

—La palabra «rico» se queda corta para definirlo. Tengo la sensación de que vas a echarla en falta.

—Es verdad, pero no tanto como Moishe. Ha estado durmiendo en el cuarto de invitados con ella, y ahí el edredón es de seda rellena de plumón. Ahora va a tener que volver conmigo y dormir en su tosca almohada de gomaespuma.

Cuadraditos de chocolate triple

1.ª nota de Hannah: No necesita un termómetro de repostería para hacer este dulce. Si tiene microondas, ni siquiera le hace falta una cocina para prepararlo.

170 g de pepitas de chocolate 54 % cacao (*yo he utilizado el de la marca Ghirardelli*)
170 g de pepitas de chocolate blanco (*yo he utilizado el de la marca Ghirardelli*)
170 g de pepitas de chocolate con leche (*yo he utilizado el de la marca Ghirardelli*)
1 lata de 400 g de leche condensada
6 cucharadas de mantequilla

Disponga una bandeja cuadrada de 20 cm con papel encerado, o utilice papel de aluminio y rocíelo con espray antiadherente para cocinar.

Puede hacer este dulce en los fogones de la cocina o en el microondas. En cualquiera de ambos casos quedará bien.

Si opta por los fogones, utilice una cacerola pesada y remueva sin parar mientras funde el chocolate y los demás ingredientes.

Para el microondas, mezclé los ingredientes en un vaso dosificador de Pyrex de medio litro y lo puse en el aparato durante 70 segundos, a máxima potencia. Recuerde que las pepitas de chocolate mantienen su forma incluso después de haberse fundido, así que no se fíe de las apariencias. Tendrá que removerlas para asegurarse de que se han derretido.

2.ª nota de Hannah: Vamos a dividir la lata de leche condensada en tres porciones de unos 135 g cada una. Con cada porción prepararemos una de las tres capas que tiene esta receta.

Ponga a derretir los siguientes ingredientes:

170 g de pepitas de chocolate 54 % cacao
135 g de leche condensada
2 cucharadas de mantequilla

Remueva para asegurarse de que todo se ha derretido y luego extiéndalo sobre la bandeja cuadrada de 20 cm que ha preparado. Déjela sobre el mármol hasta que se enfríe y se endurezca levemente al tacto, y entonces...

Ponga a derretir los siguientes ingredientes:

170 g de pepitas de chocolate blanco
135 g de leche condensada
2 cucharadas de mantequilla

Remueva para asegurarse de que todo se ha derretido y luego extienda la segunda capa encima de la primera. Déjelo reposar sobre el mármol hasta que se enfríe al tacto y se haya endurecido levemente, y entonces...

Ponga a derretir los siguientes ingredientes:

170 g de pepitas de chocolate con leche
135 g de leche condensada *(o lo que quede)*
2 cucharadas de mantequilla

Extienda esta tercera capa encima de las otras dos, alísela con una espátula de goma y deje que se endurezca en el refrigerador durante al menos 2 horas. *(Toda la noche es incluso mejor.)* Cuando haya reposado, vuélquelo sobre una tabla de picar y corte el chocolate en cuadrados pequeños.

3.ª nota de Hannah: A Mike le encanta este dulce de chocolate cuando añado nueces de macadamia picadas a la capa del medio. Norman cree que queda mejor con nueces pacanas picadas en la capa inferior. Supongo que eso debería decirme algo de sus personalidades, pero ¡no tengo la menor idea de qué!

TABLA DE EQUIVALENCIAS

PESO

Mantequilla	225 g	1 taza
Azúcar blanco	200 g	1 taza
Azúcar moreno	200 g	1 taza
Harina	130 g	1 taza
Pepitas de chocolate	170 g	1 taza
Azúcar glas	125 g	1 taza
Cacao en polvo	115 g	1 taza
Leche condensada	306 g	1 taza

VOLUMEN

2 ml	½ cucharadita de café
5 ml	1 cucharadita de café
15 ml	1 cucharada sopera
50 ml	¼ de taza
75 ml	⅓ de taza
125 ml	½ taza
175 ml	¾ de taza
250 ml	1 taza

TEMPERATURA DEL HORNO

165 °C	325 grados Fahrenheit
175 °C	350 grados Fahrenheit
190 °C	375 grados Fahrenheit

COZY MYSTERY

Serie *Misterios felinos*
MIRANDA JAMES

🐱 1

🐱 2

🐱 3

Serie *Coffee Lovers Club*
CLEO COYLE

 1   2

Serie *Misterios bibliófilos*
KATE CARLISLE

1   2

Serie *Misterios de una
diva* doméstica
KRISTA DAVIS

1

Serie *Secretos, libros
y bollos*
ELLERY ADAMS

 1

Serie *Misterios en la
librería Sherlock Holmes*
VICKI DELANY

 1

© Peter Lovino

JOANNE FLUKE

Joanne Fluke es la autora estadounidense superventas del *New York Times* creadora de los misterios de Hannah Swensen, serie que incluye *Caramel Pecan Roll Murder, Triple Chocolate Cheesecake Murder, Coconut Layer Cake Murder* y el libro con el que todo empezó, *Chocolate Chip Cookie Murder*. Sus historias se han adaptado en la serie de televisión *Murder, She Baked,* que se emite en el canal estadounidense Hallmark Movies & Mysteries. La asociación de escritores Mistery Writers of America le concedió, junto a Michael Conelly, el premio Grand Master en la edición de 2023 de los Edgar Awards. Al igual que Hannah Swensen, Joanne Fluke nació y se crio en un pequeño pueblo de la Minnesota rural, pero ahora vive en el sur de California.

Más información en www.joannefluke.com

Descubre más títulos de la serie en:
www.almacozymystery.com

Serie
MISTERIOS DE HANNAH SWENSEN